孟繁华 主编

百年百部篇正典

断鸿零雁记 苏曼殊
金陵秋 林纾
沉沦 郁达夫
阿Q正传 鲁迅

北方联合出版传媒(集团)股份有限公司
春风文艺出版社
·沈阳·

图书在版编目（CIP）数据

断鸿零雁记/苏曼殊著. 金陵秋/林纾著. 沉沦/郁达夫著. —沈阳：春风文艺出版社，2018.7（2022.1重印）

（百年百部中篇正典/孟繁华主编）

本书与"阿Q正传"合订

ISBN 978-7-5313-5468-0

Ⅰ.①断… ②金… ③沉… Ⅱ.①苏… ②林… ③郁… Ⅲ.①中篇小说—小说集—中国—现代 Ⅳ.①I246.5

中国版本图书馆CIP数据核字（2018）第087178号

北方联合出版传媒（集团）股份有限公司
春风文艺出版社出版发行
http://www.chunfengwenyi.com
沈阳市和平区十一纬路25号　邮编：110003
北京一鑫印务有限责任公司印刷

选题策划：单瑛琪	责任编辑：姚宏越
封面设计：琥珀视觉	责任校对：于文慧
印制统筹：刘　成	幅面尺寸：145mm×210mm
字　　数：160千字	印　　张：6.5
版　　次：2018年7月第1版	印　　次：2022年1月第4次
书　　号：ISBN 978-7-5313-5468-0	
定　　价：31.00元	

版权专有　侵权必究　举报电话：024-23284391
如有质量问题，请拨打电话：024-23284384

百年中国文学的高端成就
——《百年百部中篇正典》序

孟繁华

从文体方面考察，百年来文学的高端成就是中篇小说。一方面这与百年文学传统有关。新文学的发轫，无论是1890年陈季同用法文创作的《黄衫客传奇》的发表，还是鲁迅1921年发表的《阿Q正传》，都是中篇小说，这是百年白话文学的一个传统。另一方面，进入新时期，在大型刊物推动下的中篇小说一直保持在一个相当高的水平上。因此，中篇小说是百年来中国文学最重要的文体。中篇小说创作积累了极为丰富的经验，它的容量和传达的社会与文学信息，使它具有极大的可读性；当社会转型、消费文化兴起之后，大型文学期刊顽强的文学坚持，使中篇小说生产与流播受到的冲击降低到最低限度。文体自身的优势和载体的相对稳定，以及作者、读者群体的相对稳定，都决定了中篇小说在消费主义时代能够获得绝处逢生的机缘。这也让中篇小说能够不追时尚、不赶风潮，以"守成"的文化姿态坚守最后的文学性成为可能。在这个意义上，中篇小说很像是一个当代文学的"活化石"。在这个前提下，中篇小说一直没有改变它文学性的基本性质。因此，百年来，中篇小说成为各种文学文体的中坚力量并塑造了自己纯粹的文学品质。中篇小说因此构成百年文学的奇特景观，使文学即便在惊慌失措的"文化乱世"中也取得了令人瞩目的艺术成就，这在百年中国的文化语境中不能不说是一个奇迹。作家在诚实地寻找文学性的同时，也没有影响他们对现实事务介入的诚恳和热情。无论如何，百年中篇小说代表了百年中国文学的高端水平，它所表达的不同阶段的理想、追求、焦虑、矛盾、彷徨和不确定性，都密切地联系着百年中国的社会生活和心理经验。于是，一个文体就这样和百年中国建立了如影随形的镜像关系。它的全部经验已经成为我们最重要的文学财富。

编选百年中篇小说选本，是我多年的一个愿望。我曾为此做了多年准备。这个选本2012年已经编好，其间辗转多家出版社，有的甚至申报了国家重点出版基金，但都未能实现。现在，春风文艺出版社接受并付诸出版，我的兴奋和感动可想而知。我要感谢单瑛琪社长和责任编辑姚宏越先生，与他们的合作是如此顺利和愉快。

入选的作品，在我看来无疑是百年中国最优秀的中篇小说。但"诗无达诂"，文学史家或选家一定有不同看法，这是非常正常的。感谢入选作家为中国文学付出的努力和带来的光荣。需要说明的是，由于版权和其他原因，部分重要或著名的中篇小说没有进入这个选本，这是非常遗憾的。可以弥补和自慰的是，这些作品在其他选本或该作家的文集中都可以读到。在做出说明的同时，我也理应向读者表达我的歉意。编选方面的各种问题和不足，也诚恳地希望听到批评指正。

是为序。

2017年10月20日于北京

目 录

断鸿零雁记……………………苏曼殊 / 001
金 陵 秋……………………林　纾 / 057
沉　沦………………………郁达夫 / 129
阿Q正传………………………鲁　迅 / 165

断鸿零雁记

苏曼殊

第一章

　　百越有金瓯山者，滨海之南，巍然矗立。每值天朗无云，山麓葱翠间，红瓦鳞鳞，隐约可辨，盖海云古刹在焉。相传宋亡之际，陆秀夫既抱幼帝殉国崖山，有遗老遁迹于斯，祝发为僧，昼夜向天呼号，冀招大行皇帝之灵。故至今日，遥望山岭，云气葱郁；或时闻潮水悲嘶，尤使人欷歔凭吊，不堪回首。今吾述刹中宝盖金幢，俱为古物。池流清净，松柏蔚然。住僧数十，威仪齐肃，器钵无声。岁岁经冬传戒，顾入山求戒者寥寥，以是山羊肠峻险，登之殊艰故也。

　　一日凌晨，钟声徐发，余倚刹角危楼，看天际沙鸥明灭。是时已入冬令，海风逼人于千里之外。读吾书者识之，此日为余三戒俱足之日。计余居此，忽忽三旬，今日可下山面吾师。后此扫叶焚香，送我流年，亦复何憾！如是思维，不觉堕泪，叹曰：

"人皆谓我无母,我岂真无母耶?否否。余自养父见背,虽茕茕一身,然常于风动树梢,零雨连绵,百静之中,隐约微闻慈母唤我之声。顾声从何来,余心且不自明,恒结凝想耳。"继又叹曰:"吾母生我,胡弗使我一见?亦知儿身世飘零,至于斯极耶?"

此时晴波旷邈,光景奇丽。余遂披袈裟,随同戒者三十六人,双手捧香鱼贯而行。升大殿已,鹄立左右。四山长老云集。《香赞》既阕,万籁无声。少选有尊证阇梨,以悲紧之音唱曰:"求戒行人,向天三拜,以报父母养育之恩。"

余斯时泪如绠縻,莫能仰视,同戒者亦哽咽不能止。既而礼毕,诸长老一一来相劝勉曰:"善哉大德,慧根深厚,愿力壮严。此去谨侍亲师,异日灵山会上,拈花相笑。"

余聆其音,慈悲哀愍,遂顶礼受牒,收泪拜辞诸长老,徐徐下山。夹道枯柯,已无宿叶,悲凉境地,唯见樵夫出没,然彼焉知方外之人,亦有难言之恫。此章为吾书发凡,均纪实也。

第二章

余既辞海云寺,即驻荒村静室,经行侍师而外,日以泪珠拭面耳。吾师视余年幼,固已怜之。顾吾师虽慈蔼,不足以杀吾悲。读者试思,余殆极人世之至戚者矣!

一日,余以师命下乡化米,量之可十余斤,负之行,思觅投宿之所,忽有强者自远而来,将余米囊夺去。余付之一叹。尔时天已薄暮,彳亍独行,至海边,已不辨道路。徘徊久之,就沙滩小憩,而骇浪遽起,四顾昏黑。余踌躇间,遥见海面火光如豆,知有渔舟经此,遂疾声呼曰:"请渔翁来,余欲渡耳。"

已而火光渐大，知舟已迎面至，余心殊慰。未几，舟果傍岸，渔人询余何往。曰："余为波罗村寺僧，今失道至此，幸翁助我。"

渔人摇手曰："乌，是何言！余舟将以捕鱼易利，安能载尔贫僧？"

言毕，登舟驶去。余莫审所适，怅然涕下。忽耳畔微闻犬吠声，余念是间，殆有村落，遂循草径行。渐前，有古庙，就之，中悬渔灯，余入蜷卧石上。俄闻户外足音，余整衣起，瞥见一童子匆匆入。余曰："小子何之？"

童子手持竹笼数事示余曰："吾操业至劳，夜已深矣，吾犹匿颓垣败壁，或幽岩密菁间，类偷儿行径者，盖为此唧唧者耳，不亦大可哀耶？"

余曰："少年英俊，胡为业此屑小事？"

童子太息曰："吾家固有花圃，吾日间挑花以售富人，富人倍吝，故所入滋微，不足以养吾慈母。慈母老矣，试思吾为人子，安可勿尽心以娱其晚景？此吾所以不避艰辛，而兼业此。虽然，吾母尚不之知，否则亦必尼吾如是。吾前日见庙侧有蟋蟀跨蜈蚣者，候此已两夜，尚未得也。天乎！使此微虫早落吾手，待邻村墟期，必得善价，当为慈母市羊裘一领，使老母虽于冬深之日，犹在春温。小子之心，如是慰矣。吾岂荒伧市侩，尽日孳孳爱钱而不爱命者耶？"

余聆小子言，不禁有所感触，泫然泪下。童子相余顶，从容曰："敢问师奚为露宿于是？"

余视童貌甚庄肃，一一告以所遇。童子慨然曰："师苦矣。寒舍尚有空闼，去此不远，请从我归，否则村人固凶恣，诬师为贼，且不堪也。"

余感此童诚实，诺之，遂行。俄入村，至一宅。童子辟扉，复自阖之，导余曲折度回廊。苑内百花，暗香沁鼻。既忽微闻老人语曰："潮儿今日归何晚？"

余谛听之，奇哉，奇哉，此人声音也。及至听事，则赫然余乳媪在焉。

第三章

余礼乳媪既毕，悲喜交并。媪一一究吾行止，乃命余坐，谛视余面，即以手抈额，沉思久之，凄然曰："伤哉，三郎也！设吾今日犹在彼家，即尔胡至沦人空界？计吾依夫人之侧，不过三年，为时虽短，然夫人以慈爱为怀，视我良厚。一别夫人，悠悠十数载，乃至于今，吾每饭犹能不忘夫人爱顾之心。先是夫人行后，彼家人虽遇我恶薄，吾但顺受之，盖吾感夫人恩德，良不忍离三郎而去。迨尔父执去世之时，吾中心戚戚，方谓三郎孤寒无依，欲驰书白夫人，使尔东归，离彼獝獠。讵料彼妇侦知，逢其蕴怒，即以藤鞭我。斯时吾亦不欲与之言人道矣！纵情挞已，即摈我归。"

媪言至此，声泪俱下。斯时余方寸悲惨已极，顾亦不知所以慰吾乳媪，惟泪涌如泉，相对无语。余忽心念乳媪以四十许人，触此愤恸，宁人所堪？遂强颜慰之曰："媪毋伤。媪育我今已成立。此恩此德，感戴何可言宣？余虽心冷空门，今兹幸逢吾媪，藉通吾骨肉消息；否即碧落黄泉，无相见之日！以此思之，不亦彼苍尚有灵耶？余在幼龄，恒知吾母尚存，第百思莫审居何许，且为谁氏。今吾媪所称夫人者，得非余生身阿母？奚为任我孑孑一身，飘摇危苦，都弗之问？媪试语我，以吾身世究如何者。"

媪既收泪，面余言曰："三郎居，吾语尔吾为村人女，世居于斯，牧畜为业。既嫁，随吾夫子，日出而作，日入而息，其乐无极，宁识人间有是非忧患。村家夫妇，如水流年。吾三十，而吾夫子不幸短命死矣，仅遗稚子，即潮儿也。是后家计日困，平生亲友，咸视吾母子为路人。斯时吾始悟世变，怆然于中，四顾茫茫，其谁诉耶？

"一日，拾穗村边，忽有古装夫人，珊珊来至吾前，谓曰，'子似重有忧者？'因详叩吾况。吾一一答之，遂蒙夫人怜而招我，为三郎乳媪。古装夫人者，诚三郎生母，盖夫人为日本产，衣制悉从吾国古代。此吾见夫人后，始习闻之。

"'三郎'即夫人命尔名也。尝闻之夫人，尔呱呱堕地，无几月，即生父见背。尔生父宗郎，旧为江户名族，生平肝胆照人，为里党所推。后此夫人综览季世，渐入浇漓，思携尔托根上国；故掣尔身于父执为义子，使尔离绝岛民根性，冀尔长进为人中龙也。明知兹事有干国律，然慈母爱子之心，无所不至，乃亲自抱尔潜行来游吾国，侨居三年。忽一日，夫人诏我曰：'我东归矣，尔其珍重！'复手指三郎，凄声含泪曰：'是儿生也不辰，媪其善视之，吾必不忘尔赐。'语已，手书地址付余，嘱勿遗失。故吾今尚珍藏旧箧之中。

"当是时，吾感泣不置。夫人且赐我百金，顾今日此金虽尽，而吾感激之私，无能尽也。尤忆夫人束装之先一夕，一一为贮小影于尔果罐之中，衣箧之内，冀尔稍长，不忘见阿母容仪，用意至为凄恻。谁知夫人行后，彼家人悉检毁之。嗣后夫人尝三致书于余，并寄我以金，均由彼妇收没。又以吾详知夫人身世，且深爱三郎，怒我固作是态，以形其寡德。怨毒之因，由斯而发。甚矣哉，人与猛兽，直一线之分耳！吾既见摈之后，彼即诡言夫人已葬鱼腹，故亲友邻舍，咸目尔为无母之儿，弗之闻问。迹彼肺肝，盖防尔长大，思归依阿娘耳。嗟乎！既取人子，复暴遇之，吾百思不解彼妇前生，是何毒物？苍天苍天！吾岂怨毒他人者哉？今为是言者，所以惩悍妇耳。尔父执为人诚实，恒念尔生父于彼有恩，视尔犹如己出。谁料尔父执辞世不旋踵，而彼妇初心顿变耶？至尔无知小子，受待之苛，莫可伦比。顾尔今亭亭玉立，别来无恙；吾亦老矣，不应对尔絮絮出之，以存忠厚。虽然，今丁未造，我在在行吾忠厚，人则在在居心陷我。此理互相消长。世态如斯，可胜浩叹！"吾媪言已，垂头太息。

少须，媪尚欲有言。斯时余满胸愁绪，波谲云诡。顾既审吾生母消息，不愿多询往事，更无暇自悲身世，遂从容启媪曰："今夜深矣，媪且安寝。余行将子身以寻阿母，望吾媪千万勿过伤悲。天下事正复谁料？媪视我与潮儿，岂没世而名不称者耶？"

既而媪忽仰首，且抚余肩曰："伤哉，不图三郎羸瘠至于斯极！尔今须就寝，后此且住吾家，徐图东归，寻觅尔母。吾时时犹梦古装夫人，旁皇于东海之滨，盼三郎归也。三郎，尔尚有阿姊义妹，娇随娘侧，尔亦将闻阿娘唤尔之声。老身已矣，行将就木，弗克再会夫人，但愿苍苍者，必有以加庇夫人耳。"

翌晨，阳光灿烂，余思往事，历历犹在心头。读者试思，余昨宵乌能成寐？斯时郁伊无极，即起披衣出庐四瞩，柳瘦于骨，山容萧然矣。继今以后，余居乳媪家，日与潮儿弄艇投竿于荒江烟雨之中，或骑牛村外。幽恨万千，不自知其消散于晚风长笛间也。

第四章

一日薄暮，荒村风雪，萧萧彻骨。余与潮儿方自后山负薪以归。甫入门，见吾乳媪背炉兀坐，手缝旧衲，闻吾等声气，即仰首视余曰："劳哉，小子，吾见尔滋慰。尔两人且歇，待我燃烛出鲜鱼热饭，偕尔晚膳。吾家去湖不远，鱼甚鲜美，价亦不昂，村居胜城市多矣。"

余与潮儿即将蓑笠除下，与媪共饭，为况乐甚。少选，饭罢，媪面余言曰："吾今日见三郎荷薪，心殊未忍。以尔孱躯，今后勿复如是。此粗重工夫，潮儿可为吾助。今吾为尔计，尔须静听吾言。吾家花圃，在三春佳日，群芳甚盛。今已冬深，明岁春归时，尔朝携花出售，日中即为我稍理亭苑可耳。花资虽薄，然吾能为尔积聚。迄二三年后，定能敷尔东归之费，舍此计无所出。三郎，尔意云何？"

余曰："善，均如媪言。"

媪续曰："三郎，尔先在江户固为公子，出必肥马轻裘，今兹暂作花佣，亦殊异事。虽然，尔异日东归，仍为千金之子，谁复呼尔为鬻花郎耶？"

余听至此，注视吾媪慈颜，一笑如春温焉。

几月不居，春序忽至。余自是遵吾乳媪之命，每日凌晨作牧奴装，携花出售，每晨只经三四村落。余左手携花筐，右手持竹竿，顶戴渔父之笠，盖防人知我为比丘也。踯躅道中，状殊羞涩，见买花者，女子为最多，次则村妪耳。计余每日得钱可二三百，如是者弥月矣。

一日，余方独行前村，天忽阴晦，小雨溟蒙，沾余衣袂。此日为清明前二日，家家部署扫墓之事，故沿道无人，但有雨声清沥愁人而已。余纡道徐行，至一屋角，细柳之下，枯立小憩，忽睹前垣碧纱窗内，有女郎新装临眺，容华绝代，而玉颜带肃，涌现殷忧之兆。迨余旁睇，瞬然已杳。俄而雨止，天朗气清，新绿照眼。余方欲行，前屋侧扉已启，又见一女子匆遽出而礼余，嗫嚅言曰："恕奴失礼。请问若从何方至此，为谁氏子？以若年华，奚至业是？若岂不识韶光一逝，悔无及耶？请详答我。"

余聆其言，心念彼女慧甚，无忖竖态；但奚为盘问，一若算命先生也者？殆故探吾行止，抑有他因耶？余惟僵立，心殊弗释，亦莫审所以为对。

良久，彼女复曰："吾之所以唐突者，乃受吾家女公子命，嘱必如是探问。吾女公子情性幽静无伦，未尝共生人言语，顾今如此者，盖听若卖花声里，含酸梗余音。今晨女公子且见若于窗外，即审若身世，固非荒凉。若得毋怪我语无伦次？若非'河合'其姓，'三郎'其名者耶？"

余骤闻是言，愕极欲奔，继思彼辈殆非为害于余，即漫声应之曰："诚然。余亟于东归寻母，不得不业此耳。尚望子勿泄于人，则余受恩不浅矣。"

女重礼余，言曰："谨受教。先生且自珍重。明晨请再莅此，待我复命女公子也。"

余自是心绪潮涌，遂怏怏以归。

第五章

明日天气阴沉，较诸昨日为甚。迄余晨起，觉方寸中仓皇无主，以须臾即赴名姝之约耳。读吾书者，至此必将议我陷身情网，为清净法流障碍。然余是日正心思念我为沙门，处于浊世，当如莲华不为泥污，复有何患？宁省后此吾躬有如许惨戚，以告吾读者。

余出门去矣，此时正为余惨戚之发轫也。江村寒食，风雨飘忽，余举目四顾，心怦然动。窃揣如斯景物，殆非佳朕。然念彼姝见约，定有远因，否则奚由稔余名姓？且余昨日乍睹芳容，静柔简淡，不同凡艳，又乌可与佻侻下流，同日而语！余且行且思，不觉已重至碧纱窗下，呆立良久，都无动定。余方沉吟，谓彼小娃，殆戏我耶？继又迹彼昨日之言，一一出之至情，然则又胡容疑者？亡何，风雨稍止，僮娃果启扉出，不言亦不笑，行至吾前，第以双手出一纸函见授。余趣接之，觉物压余手颇重。余方欲发问，而僮娃旋踵已去。余亟擘函视之，累累者，金也。余心滋惑，于是细察函中，更有银管乌丝，盖贻余书也。嗟夫！读者，余观书讫，惨然魂摇，心房碎矣！书曰：

妾雪梅将泪和墨，袷衽致书于三郎足下，
　　先是人咸谓君已披剃空山，妾以君秉坚孤之性，故深信之，悲号几绝者屡矣！静夜思君，梦中又不识路，命也如此，夫复奚言！迩者连朝于卖花声里，惊辨此音，酷肖三郎心声。盖妾婴年，尝之君许，一把清光，景状至今犹藏心坎也。迨侵晨隔窗一晤，知真为吾三郎矣。当此之时，妾觉魂已离舍，流荡空际，心亦腾涌弗止，不可自持。欲亲自陈情于君子之前，又以干于名义，故使侍儿冒昧进诘，以渎清神，还望三郎怜而恕妾。妾自生母弃养，以至今日，伶仃愁苦，已无复生人之趣。继母孤恩,见利忘义,怂老父以前约可欺,行思以妾改嫔他姓。嗟夫!三郎,妾心终始之盟,固不忒也!若一旦妾身见抑于父母,妾只有自裁以见志。妾虽骨化形销至千万劫,犹为三郎同心耳。上苍曲全与否,弗之问矣!不图今日复睹尊颜,知吾三郎无恙,深感天心慈爱,又自喜矣。呜呼!茫茫宇宙,妾舍君其谁属耶?沧海流枯,顽石尘化,微命如缕,妾爱不移。今以戋戋百金奉呈,望君即日买棹遄归,与太夫人图之。万转千回,惟君垂悯。苦次不能细缕。伏维长途珍重。

雪梅者,余未婚妻也。然则余胡可忍心舍之,独向空山而去?读者殆以余不近情矣,实则余之所以出此者,正欲存吾雪梅耳。须知吾雪梅者,古德幽光,奇女子也。今请语吾读者:雪梅之父,亦为余父执,在余义父未逝之先,已将雪梅许我。后此见余义父家运式微,余生母复无消息,乃生悔心,欲爽前诺。雪梅固高抗无伦者,奚肯甘心负约?顾其生父继母,都不见恤,以为女子者,实货物耳,吾固可择其礼金高者而鬻之,况此权特操诸父母,又乌容彼纤小致一辞者?雪梅是后,茹苦含辛,莫可告诉。所谓庶女之怨,惟欲依母氏于冥府,较在恶世为安。此非躬历其境者,不自知也。余年渐长,久不与雪梅相见,无由一证心量,然睹此情况,悲慨不可自聊。默默思量,只好出家皈命佛陀、达摩、僧伽,用息彼美见爱之心,使彼美享有家庭之乐。否则绝世名姝,必郁郁为余而死,是何可者?不观其父母利令智昏,宁将骨肉之亲,付之蒿里,亦不以嫔单寒无告之儿如余者。当时余固年少气盛,遂掉头不顾,飘然之广州常秀寺,哀祷赞初长老，摄受为"驱乌沙弥"，冀梵天帝释愍此薄命女郎而已。前书叙余在古刹中忆余生母者，盖后此数月间事也。

第六章

余自得雪梅一纸书后，知彼姝所以许我者良厚。是时心头辘辘，不能为定行止，竟不审上穷碧落，下极黄泉，舍吾雪梅而外，尚有何物。即余乳媪，以半百之年，一见彼姝之书，亦惨同身受，泪潸潸下。余此际神经，当作何状，读者自能得之。须知天下事，由爱而生者，无不以为难，无论湿化卵胎四生，综以此故而入生死，可哀也已！

清明后四日，侵晨，晨曦在树，花香沁脑，是时余与潮儿母子别矣。以媪亦速余遄归将母，且谓雪梅之事，必力为余助。余不知所云，以报吾媪之德，但有泪落如沈，乃将雪梅所赠款，分二十金与潮儿，为媪购羊裘之用。又思潮儿虽稚，侍亲至孝，不觉感动于怀，良不忍与之遽作分飞劳燕。忽回顾苑中花草，均带可怜颜色，悲从中来，徘徊饮泣。媪忽趣余曰："三郎，行矣，迟则渡船解缆。"余此时遂抑抑别乳媪、潮儿而去。

二日已至广州，余登岸步行，思诣吾师面别。不意常秀寺已被新学暴徒，毁为墟市，法器无存。想吾师此时，已归静室，乃即日午后易舟赴香江。翌晨，余理装登岸，即向罗弼牧师之家而去。牧师隶西班牙国，先是数年，携伉俪及女公子至此，构庐于太平山。家居不恒外出，第以收罗粤中古器及奇花异草为事。余特慕其人清幽绝俗，实景教中铮铮之士，非包藏祸心、思墟人国者，遂从之治欧文二载，故与余雅有情怀也。余既至牧师许，其女公子盈盈迎于堂上，牧师夫妇，亦喜慰万状。迨余述生母消息及雪梅事,竟俱泪盈于睫。余万感填胸,即踞胡床而大哭矣。

第七章

后此四日,牧师夫妇为余置西服。及部署各事既竟,乃就余握别曰:"舟于正午启舣,孺子珍重,上帝必宠锡尔福慧兼修。尔此去可时以笺寄我。"语毕,其女公子曳蔚蓝文裾以出,颇有愁容。至余前殷殷握余手,亲持紫罗兰花及含羞草一束、英文书籍数种见贻。余拜谢受之。俄而海天在眼,余东行矣。

船行可五昼夜,经太平洋。斯时风日晴美,余徘徊于舵楼之上,茫茫天海,渺渺余怀。即检罗弼大家所贻书籍,中有莎士比尔、拜轮及室梨全集。余尝谓拜轮犹中土李白,天才也;莎士比尔犹中土杜甫,仙才也;室梨犹中土李贺,鬼才也。乃先展拜轮诗,诵《哈咯尔游草》,至末篇,有《大海》六章,遂叹曰:"雄浑奇伟,今古诗人,无其匹矣。"濡笔译为汉文如左:

皇涛澜汗　灵海黝冥
万艘鼓楫　泛若轻萍
芒芒九围　每有遗虚
旷哉天沼　匪人攸居
大器自运　振荡粤峰
岂伊人力　赫彼神工
罔象乍见　决舟没人
狂謇未几　遂为波臣

掩体无棺　归骨无坟
丧钟声嘶　遂矣谁闻

谁能乘孱　履涉狂波
藐诸苍生　其奈公何
泱泱大风　立懦起罢
兹维公功　人力何衰
亦有雄豪　中原陵厉
自公匄中　挞彼空际
惊浪霆奔　慴魂慢神
转侧张皇　冀为公怜
腾澜赴垕　载彼微体
拚溺含弘　公何岂弟

摇山撼城　声若雷霆
王公黔首　莫不震惊
赫赫军艘　亦有浮名
雄视海上　大莫与京
自公视之　藐矣其形
纷纷溶溶　旋入沧溟
彼阿摩陀　失其威灵
多罗缚迦　壮气亦倾

傍公而居　雄国几许
西利佉维　希腊罗马

伟哉自繇　公所锡予
君德既衰　耗哉斯土
遂成遗虚　公目所睹
以教以娱　幡回涛舞
苍颜不皲　长寿自古
渺弥澶漫　滔滔不舍

赫如阳燧　神灵是鉴
别风淮雨　上临下监
扶摇羊角　溶溶澹澹
北极凝冰　赤道淫滟
浩此地镜　无裔无禫
圆形在前　神光桑闪
精魁变怪　出尔泥淰
回流云转　气易舒惨
公之淫威　忽不可验

苍海苍海　余念旧恩
儿时水嬉　在公膺前
沸波激岸　随公转旋
淋淋翔潮　媵余往还
涤我囪臆　愒我精魂
惟余与女　父子之亲
或近或远　托我元身
今我来斯　握公之鬐

余既译拜轮诗竟，循还朗诵。时新月在天，渔灯三五，清风徐来，旷哉观也。翌晨舟抵横滨，余遂舍舟投逆旅，今后当叙余在东之事。

第八章

余行装甫卸，即出吾乳媪所授地址，以询逆旅主人。逆旅主人曰："是地甚迩，境绝严静，汽车去此可五站。客且歇一句钟，吾当为客购车票。吾阅人多矣，无如客之超逸者，诚宜至彼一游。今客如是急遽，殆有要事耶？"

余曰："省亲耳。"

午餐后，逆旅主人伴余赴车场，余甚感其殷渥。车既驶行，经二站，至一驿，名大船。掌车者向余言曰："由此换车，第一站为镰仓，第二站是已。"

余既换车，危坐车中，此时心绪，深形忐忑。自念于此顷刻间，即余骨肉重逢，母氏慈怀大慰，宁非余有生以来第一快事？忽又转念，自幼不省音耗，矧世事多变如此，安知母氏不移居他方？苟今日不获面吾生母，则飘泊人胡堪设想？余心正怔忡不已，而车已停。余向车窗外望，见牌上书"逗子驿"三字，遂下车。余既出驿场，四瞩无有行人，地至萧旷，即雇手车向田亩间辚辚而去。时正寒凝，积冰弥望。如是数里，从山脚左转，即濒海边而行。但见渔家数处，群儿往来垂钓，殊为幽悄不嚣。车夫忽止步告余曰："是处即樱山，客将安往？"

余曰："樱山即此耶？"遂下车携箧步行。

久之，至一处，松青沙白。方跂望间，忽遥见松阴夹道中，有小桥通一板屋,隐然背山面海,桥下流水触石,汩汩作声。余趣前就之,仰首见柴扉之侧,有标识曰:"相州逗子樱山村八番"。余大悦怿,盖此九字,即余乳媪所授地址。遂以手轻叩其扉,久之,阒如无人。寻复叩之,一妇人启扉出。余见其襟前垂白巾一幅,审其为厨娘也。即问之曰:"幸恕唐突,是即河合夫人居乎?"

妇曰:"然。"

余曰:"吾欲面夫人,烦为我通报。"

妇踌躇曰:"吾主人大病新瘥,医者嘱勿见客,客此来何事,吾可代达主人。"

余曰:"主人即余阿母,余名三郎。余来自支那,今早始莅横滨,幸速通报。"

妇闻言,张目相余,自颅及踵,凝思移时,骇曰:"信乎,客三郎乎?吾尝闻吾主言及少主,顾存亡未卜耳。"

语已,遂入。久之,复出,肃余进。至廊下,一垂髫少女礼余曰:"阿兄归来大幸。阿娘病已逾月,侵晨,人略清爽,今小睡已觉,请兄来见阿娘。"

于是导余登楼。甫推屏,即见吾母斑发垂垂,据榻而坐,以面迎余微笑。余心知慈母此笑,较之恸哭尤为酸辛万倍。余即趋前俯伏吾母膝下,口不能言,惟泪如潮涌,遽湿棉墩。此时但闻慈母咽声言曰:"吾儿无恙,谢上苍垂悯。三郎,尔且拭泪面余。余此病几殆,年迈人固如风前之烛,今得见吾儿,吾病已觉霍然脱体,尔勿悲切。"

言已,收泪扶余起,徐回顾少女言曰:"此尔兄也,自幼适异国,故未相见。"旋复面余曰:"此为吾养女,今年十一,少尔五岁，即尔女弟也，侍我滋谨，吾至爱之。尔阿姊明日闻尔归，必来面尔。尔姊嫁已两载，家事如毛，故不恒至。吾后此但得尔兄妹二人在侧，为况慰矣。吾感谢上苍，不任吾骨肉分飞，至有恩意也。"

慈母言讫，余视女弟依慈母之侧，泪盈于睫，悲戚不胜，此时景状凄清极矣。少选，慈母复抚余等曰："尔勿伤心，吾明日病瘳，后日可携尔赴谒王父及尔父墓所，祝呵护尔。吾家亲戚故旧正多，后此当带尔兄妹各处游玩。吾卧病已久，正思远行，一觇他乡风物。"

时厨娘亦来面余母，似有所询问。吾母且起且嘱余女弟曰："惠子，且偕阿兄出前楼瞭望，尔兄仆仆征尘苦矣。"已复指厨娘顾余曰："三郎，尔今在家中，诸事尽可遣阿竹理之。阿竹佣吾家十余载，为人诚笃，吾甚德之。"

吾母言竟下楼，为余治晚餐。余心念天下仁慈之心，无若母氏之于其子矣。遂随吾女弟步至楼前。时正崦嵫落日，渔父归舟，海光山色，果然清丽。忽闻山后钟声，徐徐与海鸥逐浪而去。女弟告余曰："此神武古寺晚钟也。"

第九章

入夜余作书二通：一致吾乳媪，一致罗弼牧师。二书均言余平安抵家，得会余母，并述余母子感谢前此恩德，永永不忘。余母复附寄百金与吾乳媪，且嘱其母子千万珍卫，良会自当有期。迨二书竟，余疲极睡矣。逾日既醒，红日当窗，即披衣入浴室。浴罢，登楼，见芙蓉峰涌现于金波之上，胸次为之澄澈。此日余母精神顿复，为余陈设各事无少暇。

余归家之第三日，天甫迟明，余母携余及弱妹趁急行车，赴小田原扫墓。是日阴寒，车行而密雪翻飞，途中景物，至为萧瑟。迨车抵小田原驿，雪封径途矣。荒村风雪中，固无牵车者，余母遂雇一村妇负余妹。又至驿旁，购鲜花一束。既已，余即扶将母氏步行可三里，至一山脚。余仰睇山顶积雪中，露红墙一角，余母以指示余曰："是即龙山寺，尔祖及父之墓即在此。"

余等遂徐徐踏石蹬而上。既近山门，有联曰：

蒲团坐耐江头冷　香火重生劫后灰

余心谓是联颇工整。方至殿中，一老尼龙钟出，与余母问讯叙寒暄毕，尼即往燃香，并携清水一壶，授余母。余与弱妹随阿母步至浮屠之后，见王父及先君两墓并立，四围绕以铁栅，栅外复立木柱。柱之四面，作悉昙文，书"地，水，火，风，空"五字，盖密宗以表大日如来之德者也。余与弱妹拾取松枝，将坟上积雪推去。余母以手提壶灌水，由墓顶而下。少选泛洒严净，香花既陈，余母复摘长青叶一片，端置石案之中，命余等展拜。余拜已，掩面而哭。余母曰："三郎，雪弥剧，余等遄归。"

余遂启目视坟台，积雪复盈三寸，新陈诸物，均为雪蔽。余母以白纸裹金授老尼，即与告别，冒雪下山。余母且行且语余曰："三郎，若姨昨岁卜居箱根，去此不远，今且与尔赴谒若姨。须知尔幼时，若姨爱尔如雏凤，一日不见尔，则心殊弗怿。先时余携尔西行，若姨力阻；及尔行后，若姨肝肠寸断矣。三郎知若姨爱尔之恩，弗可忘也。"

第十章

既至姨氏许，阍者通报，姨氏即出迓余母。已复引领顾余问曰："其谁家宁馨耶？"

余母指余笑答姨氏曰："三郎也，前日才归家。"

姨氏闻言喜极曰："然哉，三郎果生还耶？胡未驰电告我？"

言已，即以手扑余肩上雪花，徐徐叹曰："哀哉三郎！吾不见尔十数载，今尔相貌犹依稀辨识，但较儿时消瘦耳。尔今罢矣，且进吾闼。"

遂齐进厅事，自去外衣。倏忽见一女郎，擎茶具，作淡装出，袅娜无伦。与余等礼毕。时余旁立谛视之，果清超拔俗也。第心甚疑骇，盖似曾相见者。姨氏以铁管剔火钵寒灰，且剔且言曰："别来逾旬，使人系念。前日接书，始知吾妹就瘥，稍慰。今三郎归，诚如梦幻，顾我乐极矣！"

余母答曰："谢姊关垂。身虽老病，今见三郎，心滋怡悦。唯此子殊可愍耳！"

此时女郎治茗既备，即先献余母，次则献余。余觉女郎此际瑟缩不知下地。姨氏知状，回顾女郎曰："静子，余犹记三郎去时，尔亦知惜别，丝丝垂泪，尚忆之乎？"因屈指一算，续曰："尔长于三郎二十有一月，即三郎为尔阿弟，尔勿踧踖作常态也。"

女郎默然不答，徐徐出素手，为余妹理鬓丝，双颊微生春晕矣。迨晚餐既已，余顿觉头颅肢体均热，如居火宅。是夜辗转不能成寐，病乃大作。

翌晨，雪不可止。余母及姨氏举屋之人，咸怏怏不可状，谓余此病匪细。顾余虽声吟床褥，然以新归，初履家庭乐境，但觉有生以来，无若斯时欢欣也。于是一一思量，余自脱俗至今，所遇师傅、乳媪母子及罗弼牧师家族，均殷殷垂爱，无异骨肉。则举我前此之飘零辛苦，尽足偿矣。第念及雪梅孤苦无告，中心又难自怼耳。然余为僧及雪梅事，都秘而不宣，防余母闻之伤心也。兹出家与合婚二事，直相背而驰。余既证法身，固弗娶者，虽依慈母，不亦可乎？

方返想间，余母与姨氏入矣。姨氏手持汤药，行至榻畔予余曰："三郎，汝病盖为感冒。汝今且起服药，一二日后可无事。此药吾所手采。三郎，若姨日中固无所事，唯好去山中采药，亲制成剂，将施贫乏而多病者。须知世间医者，莫不贪财，故贫人不幸构病，只好垂手待毙，伤心惨目，无过于此。吾自顾遣此余年，舍此采药济人之事，无他乐趣。若村妇烧香念佛，吾弗为也。三郎，吾与汝母俱为老人矣。谚云'老者豫为交代事'，盖谓人老只当替后人谋幸福，但自身劳苦非所计。顾吾子现隶海军，且已娶妇，亦无庸为彼虑。今兹静子，彼人最关吾怀。静子少失怙恃，依吾已十有余载，吾但托之天命。"

姨氏言至此，凝思移时，长喟一声，复面余曰："三郎，先是汝母归来，不及三月，即接汝义父家中一信，谓三郎上山，为虎所噬。吾思彼方固多虎患，以为言实也。余与汝母，得此凶耗，一哭几绝，顿增二十余年老态。兹事亦无可如何，唯有晨夕祷告上苍，祝小子游魂，来归阿母。"

余倾听姨氏之言，厥声至惨，猛触宿恨，肺叶震震然，不知所可。久之，仰面见余母容仪，无有悲戚，即力制余悲，恭谨言曰："铭感阿姨过爱。第孺子遭逢，不堪追溯，且已成过去陈迹，请阿姨阿母置之。儿后此晨昏得奉阿姨阿母慈祥颜色，即孺子喜幸当何如也！"

余言已，余母速余饮药。少选，上身汗出如注，惫极，帖然而卧。

第十一章

余病四昼夜，始臻勿药。余母及姨氏举家喜形于色。时为三月三日，天气清新，余就窗次卷帘外盼，山光照眼，花鸟怡魂，心乃滋适。忽念一事，盖余连日晨醒，即觉清芬通余鼻观，以榻畔紫檀几上，必易鲜花一束，插胆瓶中，奕奕有光，花心犹带露滴。今晨忽见一翡翠襟针，遗于几下，方悉其为彼姝之物，花固美人之贻也。余又顿忆前日似与玉人曾相识者，因余先在罗弼女士斋中，所见德意志画伯阿陀辅手缋《沙浮遗影》，与彼姝无少差别耳。方凝仁间，忽注目纱帘之下，陈设甚雅：有云石案作鹅卵形，上置鉴屏、银盒、笔砚、绛罗，一尘不着。旁有柚木书匮，状若鸽笼，藏书颇富。余检之，均汉土古籍也。迨余回视左壁，复有小几，上置雁柱鸣筝，似尚有余音绕诸弦上。此时余始惊审此楼为彼姝妆阁，又心仪彼姝学邃，且翛然出尘，如藐姑仙子。

斯时余正觉心中如有所念，移时，又怃然若失。忽见余母登楼，手中将春衣二袭嘱余曰："三郎，今兹寒威已退，尔试易此衣。"

余将衣接下，遂伴余母坐于蓝缎弹簧长椅之上。余母视余作慈祥之色，旋以手案余额问曰："吾儿今晨何似？"

余曰："儿无所苦，身略罢耳。阿娘以何日将余及妹宁家，余尚未面阿姊也。"

余母曰:"何时均可。吾初意俟尔病瘳即行,但若姨昨夕,苦苦留吾母子勿遽去。今晨已函报尔姊。盖若姨有切心之事,与我相量。苟尔居此舒泰,吾一时固无归意。尔知吾年已垂暮,生平亲属咸老,势必疏远,安能如盛年时往来无绝?吾今举目四顾,唯与若姨形影相吊耳。且若姨见尔,中心怡悦靡极,则尔住此,一若在家中可也。吾知尔性耽幽寂,居此楼最适。此楼向为静子所居,前日尔来,始移于楼下,与尔妹同室。三郎,尔居此,意若弗适者,尽可语我。"

余曰:"敬遵娘言。阿姨屋外风物固佳,小住,于儿心滋乐也。"

此时侍者传言,晨餐已备,余母欣然趣余更衣下楼御膳。余既随母氏至食堂,即鞠躬致谢阿姨厚遇之恩。姨氏以面迎余,欣欢万状,引首顾彼姝曰:"托天之庇,三郎无恙矣。静子,尔趋前为三郎道晨安。"

瞬息,即见玉人翩若惊鸿,至余前,肃然为礼。而此际玉人密发虚鬟,丰姿愈见娟媚。余不敢回眸正视,唯心绪飘然,如风吹落叶,不知何所止。

余兄妹随阿娘羁旅姨氏家中,不啻置身天苑。姨氏固最怜余,余唯凡百恭谨,以奉阿姨阿母欢颜,自觉娱悦匪极。苟心有怅触,即倚树临流,或以书自遣。顾棂中所藏多宋人理学之书,外有梵章及驴文数种,已为虫蚀,不可辨析,俱唐本也。复次有汉译《婆罗多》及《罗摩延》二书,乃长篇叙事诗。二书汉土已失传矣,唯于《华严经》中偶述其名称,谓出自马鸣菩萨,今印度学人哆氏之英译《摩诃婆罗多族大战篇》,即其一也。

第十二章

　　一时雁影横空，蝉声四彻。余垂首环行于姨氏庭苑鱼塘堤畔，盈眸廓落，沦漪冷然。余默念晨间，余母言明朝将余兄妹遣归，则此地白云红树，不无恋恋于怀。忽有风声过余耳，瑟瑟作响。余乃仰空，但见宿叶脱柯，萧萧下堕，心始耸然知清秋亦垂尽矣。遂不觉中怀惘惘，一若重愁在抱。想余母此时已屏挡行具，方思进退闲之轩，一看弱妹。步至石阑桥上，忽闻衣裙窸窣之声。少选，香风四溢，陡见玉人靓妆，仙仙飘举而来，去余仅数武；一回青盼，徐徐与余眸相属矣。余即肃然鞠躬致敬。尔时玉人双颊虽赪，然不若前此之羞涩，至于无地自容也。余少瞩，觉玉人似欲言而未言。余愈踌躇，进退不知所可，唯有俯首视地。久久，忽残菊上有物，映余眼帘，飘飘然如粉蝶，行将逾篱落而去。余趋前以手捉之，方知为蝉翼轻纱，落自玉人头上者。斯时余欲掷之于地，又思于礼微悖，遂将返玉人。玉人知旨，立即双手进接，以慧目迎余，且羞且发娇柔之声曰："多谢三郎见助。"

　　此为余第一次见玉人启其唇樱，贻余诚款，故余胶胶不知作何词以对。但见玉人口窝动处，又使沙浮复生，亦无此庄艳。此时令人真个消魂矣！

　　玉人寻复俯其颈，吐婉妙之音，微微言曰："三郎日来安乎？逗子气候温和，吾甚思造府奉谒，但阿母事集，恐岁内未能抽身耳。是间比逗子清严幽澈则一，唯气候悬绝，盖深山也。唐人咏罗浮诗云：

游人莫着单衣去　六月飞云带雪寒

吾思此语移用于此，颇觉亲切有味，未知三郎以吾言有当不？"

余聆玉人词旨，心乃奇骇，唯唯不能作答，久乃恭谨言曰："谢阿姊分神及我。果阿姊见枉寒舍，俾稚弟朝夕得侍左右，垂纶于荒村寒牖，幸何如之！否则寒舍东西诗集不少，亦可挑灯披卷，阿姊得毋嫌软尘溷人？敢问阿姊喜诵谁家诗句耶？"

玉人低首凝思，旋即星眸属我，辗然答曰："感篆三郎盛意。所问爱读何诗，诚为笑话，须知吾固未尝学也。三郎既不以吾为渎，敢不出吾肝膈以告？且幸三郎有以教我。"遂累累如贯珠言曰："从来好读陈后山诗，亦爱陆放翁，惟是故国西风，泪痕满纸，令人心恻耳。比来读《庄子》及《陶诗》，颇自觉徜徉世外，可见此关于性情之学不少。三郎观吾书匧所藏多理学家言，此书均明之遗臣朱舜水先生所赠吾远祖安积公者。盖安积公彼时参与德川政事，执弟子礼以侍朱公，故吾家世受朱公之赐。吾家藏此书帙，已历二百三十余年矣。"此语一发，余更愕然张目注视玉人。

玉人续曰："吾婴年闻先君道朱公遗事，至今历历不忘，吾今复述三郎听之。"于是长喟一声，即愀然曰："朱公以崇祯十七年，即吾国正保元年，正值胡人猖披之际，孑身数航长崎，欲作秦庭七日之哭，竟不果其志。迨万治三年，而明社覆矣。朱公以亡国遗民，耻食二朝之粟，遂流寓长崎，以其地与平户郑成功诞生处近也。后德川氏闻之，遣水户儒臣，聘为宾师，尤殚礼遇。公遂传王阳明学于吾国土，公与阳明固是同乡也。至今朱公遗墓，尚存茨城县久慈郡瑞龙山上，容日当导三郎，一往奠之，以慰亡国忠魂。三郎其有意乎？又闻公酷爱樱花，今江户小石川后乐园中，犹留朱公遗爱。此园系朱公亲手经营者。朱公以天和二年春辞世，享寿八十有三。公目清人觍然人面，疾之如仇。平日操日语至精，然当易箦之际，公所言悉用汉语，故无人能聆其临终垂训，不亦大可哀耶？"

玉人言已，仰空而欷，余亦凄然。二人伫立无语，但闻风声萧瑟，忽有红叶一片，敲玉人肩上。玉人蹙其双蛾，状似弗怿，因俯首低声曰："三郎，明朝行耶？胡弗久留？吾自先君见背，旧学抛荒已久。三郎在，吾可执书问难。三郎如不以弱质见弃，则吾虽凋零，可无憾矣。"

余不待其言之毕，双颊大赪，俯首至臆；欲贡诚款，又不工于词，久乃嗫嚅言曰："阿母言明日归耳。阿姊恳恳如此，滋可感也。"

时余妹亦出自廊间，且行且呼曰："阿姊不观吾袷衣已带耶？晚餐将备，曷入食堂乎？"

玉人让余先行，即信步随吾而入。是夕餐事丰美，逾于常日，顾余确不审为何味。饭罢，枯坐楼头，兀思余今日始见玉人天真呈露，且殖学滋深，匪但容仪佳也。即监守天阍之乌舍仙子，亦不能逾是人矣！思至此，忽尔昂首见月明星稀，因诵忆翁诗曰：

　　千岩万壑无人迹　　独自飞行明月中

心为廓然。对月凝思，久久，回顾银烛已跋，更深矣，遂解衣就寝；复喟然叹曰："今夕月华如水，安知明夕不黑云瞹㬈耶？"

余词未毕,果闻雷声隐隐,似发于芙蓉塘外,因亦戚戚无已。寻复叹曰:"云耶,电耶,雨耶,雪耶,实一物也,不过因热度之异而变耳。多谢天公,幸勿以柔丝缚我!"

明日,晨餐甫竟,余母命余易旅行之衣,且言姨氏亦携静子偕行。余闻言喜甚,谓可免黯然魂消之感。余等既登车室,玻璃窗上,霜痕犹在。余母及姨氏,指麾云树,心旷神怡。瞬息,闻天风海涛之声,不觉抵吾家矣。自是日以来,余循陔之余,静子亦彼此常见,但不久谭,莞尔示敬而已。

一日,细雨廉纤,余方伴余母倚阑观海,忽微微有叩镮声,少选,侍者持一邮筒,跪上余母。余母发函申纸,少需,观竟,嘱余言曰:"三郎,此尔姊来笺也,言明日莅此,适逢夫子以明日赴京都,才能分身一来省我云。此子亦大可怜。"言至此,微喟,续曰:"谚云'养女徒劳',不其然乎?女子一嫔夫家,必置其亲于脑后,即每逢佳节,思一见女面,亦非易易。此虽因中馈繁杂,然亦天下女子之心,固多忘所自也。昔有贫女嫁数年,夫婿致富。女之父母,私心欣幸,方谓两口可以无饥矣。谁料不数日,女差人将其旧服悉还父母,且传语曰:'好女不着嫁时衣。'意讽嫁时衾具薄也。世人心理如是,安得不江河日下耶?"

余母言已,即将吾姊来书置桌上,以慈祥之色回顾余曰:"三郎,晨来毋寒乎?吾觉凉生两臂。"

余即答曰:"否。"

余母遂徐徐诏余曰:"三郎,坐。"

余即坐。余母问曰:"三郎,尔视静子何如人耶?"

余曰:"慧秀孤标,好女子也。"

余母尔时舒适不可状,旋曰:"诚然,诚然,吾亦极爱静子和婉有仪。母今有言，关白于尔，尔听之：三郎，吾决纳静子为三郎妇矣。静子长于尔二岁，在理吾不应尔。然吾仔细回环，的确更无佳偶逾是人者。顾静子父母不全，按例须招赘，始可袭父遗荫，然吾固可与若姨合居，此实天缘巧凑。若姨一切部署已定，俟明岁开春时成礼，破夏吾亦迁居箱根。兹事以情理而论，即若姨必婿吾三郎，中怀方释。盖若姨为托孤之人，今静子年事已及，无时不系之怀抱。顾连岁以来，求婚者虽众，若姨都不之顾。若姨之意，非关门地，第以世人良莠不齐，人心不古，苟静子不得贤夫子而侍，则若姨将何以自对？今得婿三郎，若姨重肩卸矣。"

余母言至此，凄然欲哭曰："三郎，老母一生寥寂，今行将见尔庆成嘉礼，即吾与若姨晚景，亦堪告慰。后此但托天命，吾知上苍必予尔两小福慧双修。"

余母方絮絮发言，余心房突突而跳。当余母言讫，余夷犹不敢遽答。正思将前此所历，径白余母，继又恐滋慈母之戚，非人子之道。心念良久，蕴泪于眶，微微言曰："儿今有言奉于慈母听纳，盖儿已决心……"

余母急曰："何谓？"

余曰："儿终身不娶耳。"

余母闻言极骇，起立张目注余曰："乌，是何言也！尔何所见而为此言？抑尔固执拗若是？此语真令余不解。尔年弱冠不娶，人其谓我何？若姨爱尔，不徒然耶？尔澄心思之，此语胡可使若姨听之者？矧静子恒为吾言，舍三郎无属意之人。尔前次恹恹病卧姨家，汤药均静子亲自煎调。怀诚已久，尚不知尔今竟岸然作是言也！"

余母言至末句,声愈严峻。余即敛涕言曰:"慈母谛听。儿抚心自问,固爱静子,无异骨肉;且深敬其为人,想静子亦必心知之。儿今兹恝然出是言者,亦非敢抗挠慈母及阿姨之命,此实出诸不得已之苦衷,望慈母恕儿稚昧。"

余母凄然不余答,久乃哀咽言曰:"三郎,尔当善体吾意。吾钟漏且歇,但望尔与静子早成眷属,则吾虽入土,犹含笑矣。"

第十三章

余听母言,泪如瀑泻,中心自咎,诚不应逆堂上之命,致老母出此伤心之言,此景奚堪?余皇然少间,遽跪余母膝前,婉慰余母曰:"阿娘恕儿。儿诚不孝,儿罪重矣!后此唯有谨遵慈命。儿固不经事者,但望阿娘见恕耳。"

余母徐徐收泪,漫声应曰:"孺子当听吾言为是。古云:'不信老人言,后悔将何及。'矧吾儿终身大事,老母安得不深思详察耶?当知娘心无一刻不为儿计也。即尔姊在家时,苟不从吾言,吾亦面加叱责而不姑息。今既归人,万事吾可不必过问。须知女心固外向,吾又何言?若静子则不然。彼姝性情娴穆,且有灵慧,最称吾怀,尔切勿以傅粉涂脂之流目之可耳。"

余母尚欲有言,适侍女跪白余母曰:"浴室诸事已备,此时刚十句钟也。"言毕,即去。

余母颜色开霁,抚余肩曰:"三郎,娘今当下楼检点冬衣,十一时方暇。尔去就浴。"

余此时知已宽慈母之忧,不禁怡然自得。仰视天际游丝,缓缓移去,雨亦遽止,余起易衣下楼就浴。

余浴毕,登楼面海,兀坐久之,则又云愁海思,袭余而来。

当余今日，慨然许彼妹于吾母之时，明知此言一发，后此有无穷忧患，正如此海潮之声，续续而至，无有尽时。然思若不尔者，又将何以慰吾老母？事至于此，今但焉置吾身？只好权顺老母之意，容日婉言劝慰余母，或可收回成命。如老母坚不见许，则历举隐衷，或卒能谅余为空门中人，未应蓄内。余抚心自问，固非忍人忘彼妹也。继余又思日俗真宗，固许带妻，且于刹中行结婚礼式，一效景教然者。若吾母以此为言，吾又将何言说答余慈母耶？余反复思维，不可自聊，又闻山后凄风号林，余不觉惴惴其栗。因念佛言："身中四大，各自有名，都无我者。"嗟乎！望吾慈母，切勿驱儿作哑羊可耳！

第十四章

越日，余姊果来，见余不多言，但亦劝余曰："吾弟随时随地须听母言。凡事毋以盛气自用，则人情世故，思过半矣。至尔谓终身不娶，自以为高，此直村竖恒态，适足笑煞人耳！三郎，尔后此须谨志吾言，勿贻人笑柄也。"

余唯唯而退。余自是以来，焦悚万状，定省晨昏，辄不久坐。尽日惴惴然，唯恐余母重提意向。余母每面余时，欢欣无已，似曾不理余心有闲愁万种。一日，余方在斋中下笔作画，用宣愁绪。既绘怒涛激石状，复次画远海波纹，已而作一沙鸥斜身堕寒烟而没。忽微闻叩镮声，继知吾妹，推扉言曰："阿兄胡不出外游玩？"

余即回顾，忽尔见静子作斜红绕脸之妆，携余妹之手，伫立门外，见余即鞠躬与余为礼。余遂言曰："请阿姊进斋中小坐，今吾画已竟，无他事也。"

余言既毕，余妹强牵静子，径至余侧。静子注观余案上之画，少选，莞尔顾余言曰："三郎幸恕唐突。昔董源写江南山，李唐写中州山，李思训写海外山，米元晖写南徐山，马远、夏圭写钱塘山，黄子久写海虞山，赵吴兴写雪苕山；今吾三郎得毋写厓山耶？一胡使人见即翛然如置身清古之域，此诚快心洞目之观也。"

言已，将画还余。余受之，言曰："吾画笔久废，今兴至作此，不图阿姊称誉过当，徒令人增惭惕耳。"

静子复微哂，言曰："三郎，余非作客气之言也。试思今之画者，但贵形似，取悦市侩，实则宁达画之理趣哉？昔人谓画水能终夜有声，余今观三郎此画，果证得其言不谬。三郎此幅，较诸近代名手，固有瓦砾明珠之别，又岂待余之多言也。"

余倾听其言，心念世宁有如此慧颖者，因退立其后，略举目视之，鬓发腻理，纤秾中度。余暗自叹曰："真旷劫难逢者也。"

忽而静子回盼，赧赧然曰："三郎，此画能见赐否？三郎或不以余求在礼为背否？余观此景沧茫古逸，故爱之甚挚。今兹发问，度三郎能谅我耳。"

余即答曰："岂敢，岂敢，此画固不值阿姊一粲。吾意阿姊固精通绘事者，望阿姊毋吝教诲，作我良师，不宁佳乎？"

静子瑟缩垂其双睫，以柔荑之手，理其罗带之端，言曰："非然也。昔日虽偶习之，然一无所成，今唯行箧所藏《花燕》一幅而已。"

余曰："请问云何《花燕》？"

静子曰："吾家园池，当荷花盛开时，每夜有紫燕无算，巢荷花中，花尽犹不去。余感其情性，命之曰'花燕'，爰为之图。三郎，今容我检之来，第恐贻笑大方耳。"

余鞠躬对曰："请阿姊速将来，弟亟欲拜观。"

静子不待余言之毕，即移步鞠躬而去，轻振其袖，熏香扑人。余遂留余妹问之曰："何不闻阿母阿姊声音，抑外出耶？"

余妹答曰："然，阿姊约阿姨阿母俱出，谓往叶山观千贯松，兼有他事，顺道谒淡岛神社。已嘱厨娘，今日午膳在十二句半钟，并嘱吾语阿兄也。"

余曰："妹曷未同往？"

妹曰："不，静姊不往，故我亦不愿往。"

余顾余妹手中携有书籍，即诘之曰："何书？"

妹曰："此波弥尼八部书也。"

余曰："此为《梵文典》，吾妹习此乎？"

妹曰："静姊每日授余诵之，顾初学殊艰，久之渐觉醰醰有味。其句度雅丽，迥非独逸，法兰西，英吉利所可同日而语。"

余曰："然则静姊固究心三斯克列多文久矣。"

妹曰："静姊平素喜谈佛理，以是因缘，好涉猎梵章。尝语妹云：'佛教虽斥声论，然《楞伽瑜伽》所说五法，曰相，曰名，曰分别，曰正智，曰真如，与波弥尼派相近。《楞严》后出，依于耳根圆通，有声论宣明之语。是佛教亦取声论，特形式相异耳。'"

余听毕，正色语余妹曰："善哉，静姊果超凡入圣矣。吾妹谨随之学毋怠。"

第十五章

余语吾妹既讫，私心叹曰："静子慧骨天生，一时无两，宁不令人畏敬？惜乎，吾固勿能长侍秋波也！"

已而静子盈盈至矣。静子手持绘绢一帧，至余前；余肃然起立，接而观之：莲池之畔，环以垂杨修竹，固是姨家风物，有女郎兀立，风采盎然，碧罗为衣，颇得吴带当风之致。女郎挽文金高髻，即汉制飞仙髻也。俯观花燕，且自看妆映，翛然有出尘之姿，飘飘有凌云之概。余赞叹曰："美哉伊人！奚啻真真者？"

静子闻言，转目盼余，兼视余妹，莞尔言曰："究又奚能与三郎之言相副耶？且三郎安可以外貌取人？亦觇其中藏如何耳。画中人外观，似奕奕动人，第不能言，三郎何从念其中心着何颜色者？"

余置其言弗答，续曰："画笔秀逸无伦，固是仙品。余生平博览丹青之士，咸弗能逮。嗟乎！衣钵尘土久，吾尚何言？今且据行云流水之描，的是吾姊戛戛独造，使余叹观止矣。阿姊端为吾师，吾何幸哉！"

静子此时，羞不能答，俯首须臾，委婉言曰："三郎，胡为而作如是言？令浅尝者无地自容。但愿三郎将今日之画见赐，俾为临本，兼作永永纪念，以画中意况，亦与余身世吻合。迹君心情，宁谓非然者？"

余曰："余久不复属意于画，盖已江郎才尽。阿姊自是才调过人，固应使我北面红妆，云何谓我妄言？"

静子含羞不余答。余亦无言，但双手擎余画献之，且无心而言曰："敬乞吾畏友哂存，聊申稚弟倾服之诚，非敢言画也。"

静子欣然曰："三郎此言，适足以彰大作之益可贵耳。"言已，即平铺袖角，端承余画，以温厚之词答曰："敬谢三郎。三郎无庸以畏友外我。今得此画，朝夕对之，不敢忘锡画人也。"

是夕，微月已生西海，水波不兴。余乃负杖出门，随步所之，遇渔翁，相与闲话，迄翁收拾垂纶，余亦转身归去。时夜静风严，余四顾，舍海曲残月而外，别无所睹。及去余家仅丈许，瞥见有人悄立海边孤石之旁，静观海面，余谛瞩倩影亭亭，知为静子，遂前叩之曰："立者其吾阿姊乎？"

静子闻余声，却至欣悦，急回首应曰："三郎，归何晏？独不避海风耶？吾迟三郎于此久矣。三郎出时可曾加衣否？向晚气候，不比日间，恐非三郎所胜，不能使人无戚戚于中。三郎善自珍摄，寒威滋可畏也。"

余即答曰："感谢吾姊关垂。天寒夜寂，敬问吾姊于此，沉沉何思？女弟胡未奉侍左右？"

静子则柔声答曰："区区弱质，奚云惜者？今余方自家中来，姨母、令姊、令妹及阿母，咸集厨下制瓜团粉果，独余偷闲来此，奉候三郎。三郎归，吾心至适。"

余重谢之曰："深感阿姊厚意见待，愧弗克当。望阿姊次回，毋冒夜以伫我。吾姊恩意，特恐下走不称消受耳。"

余言毕，举步欲先入门，静子趣前娇而扶将曰："三郎且住。三郎悦我请问数言乎？"

余曰："何哉？姊胡为客气乃尔？阿姊欲有下问，稚弟固无不愿奉白者也。"

静子踌躇少间，乃出细腻之词，第一问曰："三郎，迩来相见，颇带幽忧之色，是何故者？是不能令人无郁拂。今愿窃有请耳。"

余此时心知警兆，兀立不语。静子第二问曰："三郎可知今日阿母邀姨母同令姊，往礼淡岛明神，何因也？吾思三郎必未之审。"

余闻语茫然,瞠不能答,旋曰:"果如阿姊言,未之悉也。"

静子低声而言,其词断续不可辨,似曰:"三郎鉴之,总为君与区区不肖耳。"

第十六章

余胸震震然,知彼美言中之骨也。余正怔忡间,转身稍离静子所立处,故作漫声指海面而言曰:"吾姊试谛望海心黑影,似是鱼舠经此,然耶?否耶?"

静子垂头弗余答。少选,复步近余胸前,双波略注余面。余在月色溟蒙之下,凝神静观其脸,横云斜月,殊胜端丽。此际万籁都寂,余心不自镇;既而昂首瞩天,则又乌云弥布,只余残星数点,空摇明灭。余不觉自语曰:"吁!此非人间世耶?今夕吾何为置身如是景域中也?"

余言甫竟,似有一缕吴绵,轻温而贴余掌。视之,则静子一手牵余,一手扶彼枯石而坐。余即立其膝畔,而不可自脱也。久之,静子发清响之音,如怨如诉曰:"我且问三郎,先是姨母,曾否有言关白三郎乎?"

余此际神经已无所主,几于膝摇而牙齿相击,垂头不敢睇视,心中默念,情网已张,插翼难飞,此其时矣。

但闻静子连复问曰:"三郎乎,果阿姨作何语?三郎宁勿审于世情者,抑三郎心知之,故弗肯言?何见弃之深耶?余日来见三郎愀然不欢,因亦不能无渎问耳。"

余乃力制惊悸之状,嗫嚅言曰:"阿娘向无言说,虽有,亦已依稀不可省记。"

余言甫发，忽觉静子筋脉跃动，骤松其柔荑之掌。余知其心固中吾言而愕然耳。余正思言以他事，忽尔悲风自海面吹来，乃至山岭，出林薄而去。余方凝伫间，静子四顾皇然，即襟间出一温香罗帕，填余掌中，立而言曰："三郎，珍重。此中有绣角梨花笺，吾婴年随阿母挑绣而成，谨以奉赠，聊报今晨杰作。君其纳之。此闲花草，宁足云贡？三郎其亦知吾心耳！"

余乍闻是语，无以为计。自念拒之于心良弗忍；受之则睹物思人，宁可力行正照，直证无生耶？余反复思维，不知所可。静子故欲有言，余陡闻阴风怒号，声振十方，巨浪触石，惨然如破军之声。静子自将笺帕袭之，谨纳余胸间。既讫，遽握余臂，以腮熨之，嘤嘤欲泣曰："三郎受此勿戚，愿苍苍者祐吾三郎无恙。今吾两人同归，朝母氏也。"余呆立无言，唯觉胸间趯趯而跃。静子娇不自胜，挽余徐行。及抵斋中，稍觉清爽，然心绪纷乱，废弃一切。此夜今时，因悟使不析吾五漏之躯，以还父母，又那能越此情关，离诸忧怖耶？

第十七章

翌朝，天色清朗，惟气候遽寒，盖冬深矣。余母晨起，即部署厨娘，出馎饦，又陈备饮食之需。既而齐聚膳厅中，欢声腾彻。余始知姊氏今日归去。静子此际作魏代晓霞妆，余发散垂右肩，束以栖带，迥绝时世之装，腼腆与余为礼，益增其冷艳也。余既近炉联坐，中心滋耿耿，以昨夕款语海边之时，余未以实对彼姝故耳。已而姊氏辞行，余见静子拖百褶长裙，手携余妹送姊氏出门。余步跟其后，行至中，余母在旁，命余亦随送阿姊。

静子闻命，欣然即转身为余上冠杖。余曰："谨谢阿姊，待我周浃。"

余等齐行,送至驿上,展轮车发,遂与余姊别。归途唯静子及余兄妹三人而已。静子缓缓移步,远远见农人治田事,因出其纤指示余,顺口吟曰:

  采菱辛苦废犁锄 血指流丹鬼质枯
  无力买田聊种水 近来湖面亦收租

"三郎,此非范石湖之诗欤?在宋已然,无怪吾国今日赋税之繁且重,吾为村人生无限悲感耳。"

静子言毕,微喟,须臾忽绛其颊,盼余问曰:"三郎得毋劳顿?日来身心,亦无患耶?吾晨朝闻阿母传言,来周过已更三日,当挈令妹及余归箱根。未审于时三郎可肯重尘游屦否?"

余闻言,万念起落,不即答,转视静子,匿面于绫伞流苏之下,引慧目迎余,为状似甚羞涩。余曰:"如阿娘行,吾必随叩尊府。"

余言已,复回顾静子眉端隐约见愁态。转瞬静子果蕴泪于眶,嘤然而呻曰:"吾晨来在膳厅中,见三郎胡乃作戚戚容?得毋玉体违和?敢希见告耳。苟吾三郎有何伤感,亦不妨掬心相示,幸毋见外也。"

余默默弗答。静子复微微言曰:"君其怒我乎?胡靳吾请?"

余停履抗声答曰:"心偶不适,亦自不识所以然。劳阿姊询及,惭惕何可言?万望阿姊饶我。"

余且行且思,赫然有触于心,弗可自持,因失声呼曰:"吁!吾滋愧悔于中,无解脱时矣!"

余此时泪随声下。静子虽闻余言,殆未见窥余命意所在,默不一语。继而容光惨悴,就胸次出丹霞之巾,授余揾泪,慰藉良殷,至于红泪沾襟。余暗惊曰:"吾两人如此,非寿征也!"

旁午始莅家庭,静子与余都弗进膳。

第十八章

余姊行后,忽忽又三日矣。此日大雪缤纷,余紧闭窗户,静坐思量,此时正余心与雪花交飞于茫茫天海间也。余思久之,遂起立徘徊,叹曰:"苍天,苍天,吾胡尽日怀抱百忧于中,不能自弭耶?学道无成,而生涯易尽,则后悔已迟耳。"

余谛念彼姝,抗心高远,固是大善知识,然以眼波决之,则又儿女情长,殊堪畏怖。使吾身此时为幽燕老将,固亦不能提刚刀慧剑,驱此婴婴宛宛者于漠北。吾前此归家,为吾慈母,奚事一逢彼姝,遽加余以尔许缠绵婉恋,累余虱身于情网之中,负己负人,无有是处耶?嗟乎,系于情者,难平尤怨,历古皆然。吾今胡能没溺家庭之恋,以闲愁自戕哉?佛言:"佛子离佛数千里,当念佛戒。"吾今而后,当以持戒为基础,其庶几乎。余轮转思维,忽觉断惑证真,删除艳思,喜慰无极。决心归觅师傅,冀重重忏悔耳。第念此事决不可以禀白母氏,母氏知之,万不成行矣。

忽而余妹手托锦制瓶花入,语余口:"阿兄,此妹手造慈溪派插花,阿兄月旦,其能有当否?"

余无言,默视余妹,心忽恫楚,泪盈余睫,思欲语以离家之旨,又恐行不得也。迄吾妹去后,余心颤不已,返身掩面,成泪人矣。

此夕余愁绪复万叠如云,自思静子日来怏怏,已有病容。迹彼情词,又似有所顾虑,抑已洞悉吾隐衷,以我为太上忘情者欤?今既不以礼防为格,吾胡不亲过静子之室,叙白前因,或能宥我。且名姝深惓,又何可弃捐如是之速者?思已,整襟下楼,缓缓而行。及至廊际,闻琴声,心知此吾母八云琴,为静子所弹,以彼姝喜调《梅春》之曲也。至"夜迢迢,银台绛蜡,伴人垂泪"句,忽而双弦不谐,嘤变滞而不延,似为泪珠沾湿。迄余音都杳,余已至窗前,屏立不动。乍闻余妹言曰:"阿姊,晨来所治针黹,亦已毕业未?"

静子太息答余妹曰:"吾欲为三郎制领结,顾累日未竟,吾乃真孺稚也。"

余既知余妹未睡,转身欲返,忽复闻静子凄声和泪,细诘余妹曰:"吾妹知阿兄连日胡因郁郁弗舒,恒露忧思之状耶?"

余妹答曰:"吾亦弗审其由。今日尚见阿兄独坐斋中,泪潸潸下,良匪无以?妹诚愕异,又弗敢以禀阿娘。吾姊何以教我慰阿兄耶?"

静子曰:"顾乃无术。惟待余等归期,吾妹努力助我,要阿兄同行,吾宁家,则必有以舒阿兄郁结。阿兄莅吾家,兼可与吾妹剧谈破寂,岂不大妙?不观阿兄面庞,近日十分消瘦,令人滋悢悢。今有一言相问吾妹:妹知阿母、阿姨,或阿姊,向有何语吩咐阿兄否?"

余妹曰:"无所闻也。"

静子不语。久之,微呻曰:"抑吾有所开罪阿兄耶?余虽勿慧,曷遂相见则……"言至此,噫焉而止。复曰:"待明日,但乞三郎加示喻耳。"

静子言时，凄咽不复成声。余猛触彼美沛然至情，万绪悲凉，不禁欷歔泣下，乃归，和衣而寝。

第十九章

天将破晓，余忧思顿释，自谓觅得安心立命之所矣。盥漱既讫，于是就案搦管构思，怃然少间，力疾书数语于笺素云：

静姊妆次：

呜呼，吾与吾姊终古永诀矣！余实三戒俱足之僧，永不容与女子共住者也。吾姊盛情殷渥，高义干云，吾非木石，云胡不感？然余固是水曜离胎，遭世有难言之恫，又胡忍以飘摇危苦之躯，扰吾姊此生哀乐耶？今兹手持寒锡，作远头陀矣。尘尘刹刹，会面无因。伏维吾姊，贷我残生，夫复何云？倏忽离家，未克另禀阿姨、阿母，幸吾姊慈悲哀愍，代白此心；并婉劝二老切勿悲念顽儿身世，以时强饭加衣，即所以怜儿也。幼弟三郎含泪顶礼。

书毕，即易急装，将笺暗纳于鞋骨细盒之内。盒为静子前日盛果朕余，余意行后，静子必能检盒得笺也。摒挡既毕，举目见壁上铜钟，锵锵七奏，一若催余就道者。此时阿母、阿姨，咸在寝室，为余妹理衣饰。静子与厨娘、女侍，则在厨下，都弗余觉。余竟自辟栅潜行。行数武，余回顾，忽见静子亦匆匆踵至，绿鬓垂于耳际，知其还未栉掠，但仓皇呼曰："三郎，侵晨安适？夜来积雪未消，不宜出行。且晨餐将备，曷稍待乎？"

余心为赫然,即脱冠致敬,恭谨以答曰:"近日疏慵特甚,忘却为阿姊道晨安,幸阿姊恕之。吾今日欲观白泷不动尊神,须趁雪未融时往耳。敬乞阿姊勿以稚弟为念。"

静子趣近余前,愕然作声问曰:"三郎颜色,奚为乍变?得毋感冒?"言毕,出其腻洁之手,按余额角,复执余掌言曰:"果热度腾涌。三郎此行可止,请速归家,就榻安歇,待吾禀报阿母。"言时声颤欲嘶。

余即陈谢曰:"阿姊太过细心,余唯觉头部微晕,正思外出,吸取清气耳。望吾姊勿尼吾行。二小时后,余即宁家,可乎?"

静子以指掠其鬓丝,微叹不余答;久乃娇声言曰:"然则,吾请侍三郎行耳。"

余急曰:"何敢重烦玉趾,余一人行道上,固无他虑。"

静子似弗怿,含泪盼余,喟然答曰:"否。粉身碎骨,以卫三郎,亦所不惜,况区区一行耶?望三郎莫累累见却,即幸甚矣。"

余更无词固拒,权伴静子逡巡而行。道中积雪照眼,余略顾静子芙蓉之靥,衬以雪光,庄艳绝伦,吾魂又为之爽然而摇也。静子频频出素手,谨炙余掌,或扪余额,以觇热度有无增减。俄而行经海角砂滩之上,时值海潮初退,静子下其眉睫,似有所思。余瞩静子清癯已极,且有泪容,心滋恻怅,遂扶静子腰围,央其稍歇。静子脉脉弗语,依余憩息于细软干砂之上。

此时余神志为爽,心亦镇定,两鬓热度尽退,一如常时,但静默不发一言。静子似渐释其悲哽,尚复含愁注视海上波光。久久,忽尔扶余臂愀然问曰:"三郎,何思之深也?三郎或勿讶吾言唐突耶？前接香江邮筒，中附褪红小简，作英吉利书，下署罗弼氏者，究属谁家扫眉才子？可得闻乎？吾观其书法妩媚动人，宁让簪花格体？奈何以此蟹行乌丝，惑吾三郎，怏怏至此田地？余以私心决之，三郎意似怜其薄命如樱花然者。三郎今兹肯为我倾吐其详否耶？"

　　余无端闻其细腻酸咽之词，以余初不宿备，故嗫不能声。静子续其声韵曰："三郎，胡为缄口如金人？固弗容吾一闻芳讯耶？"

　　余遂径报曰："彼马德利产，其父即吾恩师也。"

　　静子闻言，目动神慌，似极惨悸，故迟迟言曰："然则彼人殆绝代丽姝，三郎固岂能忘怀者？"

　　言毕，哆其唇樱，回波注睇吾面，似细察吾方寸作何向背。余略引目视静子，玉容瘦损，忽而慧眼含红欲滴。余心知此子固天怀活泼，其此时情波万叠而中沸矣。余情况至窘，不审将何词以答。少选，遽作庄容而语之曰："阿姊当谅吾心，絮问何为？余实非有所恋恋于怀。顾余素鞅鞅不自聊者，又非如阿姊所料。余周历人间至苦，今已绝意人世，特阿姊未之知耳。"

　　余言毕，静子挥其长袖，掩面悲咽曰："宜乎三郎视我，漠若路人，余固乌知者？"已而复曰："嗟乎！三郎，尔意究安属？心向丽人则亦已耳，宁遂忍然弗为二老计耶？"

　　余聆其言，良不自适，更不忍伤其情款。所谓藕断丝连，不其然欤？余遂自绾愁丝，阳慰之曰："稚弟胡敢者？适戏言耳，阿姊何当介蒂于中，令稚弟皇恐无地。实则余心绪不宁，言乃无检。阿姊爱我既深，尚冀阿姊今以恕道加我，感且无任耳！阿姊其见宥耶？"

静子闻余言，若喜若忧，垂额至余肩际，方含意欲申，余即抚之曰："悲乃不伦，不如归也。"

静子愁悰略释，盈盈起立，捧余手重复亲之，言曰："三郎，记取后此无论何适，须约我偕行，寸心释矣。若今晨匆匆自去，将毋令人悬念耶？"

余即答曰："敬闻命矣。"

静子此时俯身，拾得虹纹贝壳，执玩反复，旋复置诸砂面，为状似甚乐也。已而骈行，天忽阴晦，欲雪不雪，路无行人。静子且行且喟。余栗栗惴惧不已，乃问之曰："阿姊奚叹？"

静子答曰："三郎有所不适，吾心至慊。"

余曰："但愿阿姊宽怀。"

此时已近山脚孤亭之侧，离吾家只数十武，余停履谓曰："请阿姊先归，以慰二老。小弟至板桥之下，拾螺蛤数枚，归贻妹氏，容缓二十分钟宁家。第恐有劳垂盼。阿姊愿耶？否耶？"

静子曰："甚善。余先归为三郎传朝食。"

言毕，握余手略鞠躬言曰："三郎，早归。吾偕令妹伫伺三郎，同御晨餐。今夕且看明月照积雪也。"

余垂目细瞻其雪白冰清之手，微现蔚蓝脉线，良不忍遽释，惘然久立，因曰："敬谢阿姊礼我。"

第二十章

余目送静子珊珊行后，喟然而叹曰："甚矣，柔丝之绊人也！"

余自是力遏情澜，亟转山脚疾行。渐前，适有人夫牵空车一辆，余招而乘之，径赴车站。购票讫，汽车即发。二日半，经长崎，复乘欧舶西渡。余方豁然动念，遂将静子曩日所媵凤文罗简之属，沉诸海中，自谓忧患之心都泯。

更二日，抵上海，余即日入城，购僧衣一着易之，萧然向武林去，以余素慕圣湖之美，今应顺道酬吾夙愿也。既至西子湖边，盈眸寂乐，迥绝尘寰。余复泛瓜皮舟，之茅家埠。既至，余舍舟，肩挑被席数事，投灵隐寺，即宋之问"楼观沧海日，门对浙江潮"处也。余进山门，复至客堂，将行李放堂外左边，即自往右边鹄立。

久久，有知客师出问曰："大师何自而来？"

余曰："从广州来。"

知客闻言欣然曰："广东富饶之区也。"

余弗答，摩襟出牒示之。知客审视牒讫，复欣然导余登南楼安息。余视此楼颇广，丁方可数丈，楼中一无所有，唯灰砖数方而已。

迄薄暮，斋罢，余急就寝，即以灰砖代枕。入夜，余忽醒，弗复成寐，又闻楼中作怪声甚厉。余心惊疑是间有鬼，惨栗不已，急以绒毡裹头，力闭余目，虽汗出如沈，亦弗敢少动。漫漫长夜，不胜苦闷。天甫迟明，闻钟声，即起，询之守夜之僧，始知楼上向多松鼠，故发此怪声，来往香客，无不惊讶云。

晨粥既毕，主持来嘱余曰："师远来，晨夕无庸上殿，但出山门扫枯叶柏子，聚而焚之。"

余曰："谨受教。"

过午，复命余将冷泉亭石脚衰草剔净。如是安居五日，过已，余颇觉翛然自得，竟不识人间有何忧患，有何恐怖。听风望月，万念都空。唯有一事，不能无憾：以是间风景为圣湖之冠，而冠盖之流，往来如鲫，竟以清净山门，为凡夫俗子宴游之区，殊令人弗堪耳。

第二十一章

余一日无事，偶出春淙亭眺望，忽见壁上新题，墨痕犹湿。余细视之，即《捐官竹枝词》数章也，其词曰：

二品加衔四品阶　皇然绿轿四人抬
黄堂半跪称卑府　白简通详署宪台
督抚请谈当座揖　臬藩接见大门开
便宜此日称观察　五百光洋买得来

大夫原不会医生　误被都人唤此名
说梦但求升道府　升阶何敢望参丞
外商吏礼皆无分　兵户刑工浪挂名
一万白银能报效　灯笼马上换京卿

一麾分省出京华　蓝顶花翎到处夸
直与翰林争俸满　偶兼坐办望厘差
大人两字凭他叫　小考诸童听我枷
莫问出身清白否　有钱再把道员加

工赈捐输价便宜　白银两百得同知
官场逢我称司马　照壁凭他画大狮
家世问来皆票局　大夫买去署门楣

怪他多少功牌顶　　混我胸前白鹭鹚

八成遇缺尽先班　　铨补居然父母官
刮得民膏还凤债　　掩将妻耳买新欢
若逢苦缺还求调　　偏想诸曹要请安
别有上台饶不得　　一年节寿又分餐

补褂朝珠顶似晶　　冒充一个状元郎
教官都作加衔用　　殷户何妨苦缺当
外放只能抡刺史　　出身原是做厨房
可怜裁缺悲公等　　丢了金钱要发狂

小小京官不足珍　　素珠金顶亦荣身
也随编检称前辈　　曾向王公作上宾
借与招牌充剃匠　　呼来雅号冒儒臣
衔条三字翰林院　　诳得家人唤大人

余读至此，谓其词雅谑。首章指道员，其二郎中，其三知府，其四同知，其五知县，其六光禄寺署丞，其七待诏，惜末章为风雨剥灭，不可辨，只剩

天丧斯文人影绝　　官多捷径士心寒

一联而已。此时科举已废，盖指留学生而言也。

余方欲行，适有少年比丘，负囊而来。余观其年，可十六

七,面带深忧极恨之色。见余即肃容合十,向余而言曰:"敬问阿师,此间能容我挂单否乎?"

余曰:"可,吾导尔至客堂。"

比丘曰:"阿弥陀佛。"

余曰:"子来从何许?观子形容,劳困已极,吾请助子负囊。"

比丘颦蹙曰:"谢师厚意。吾果困顿,如阿师言。吾自湖南来者,吾发愿参礼十方,形虽枯槁,第吾心中懊恼,固已净尽无余,且勿知苦为何味也。"

第二十二章

晚上比丘与余同歇楼上,余视其衣单,均非旧物,因意其必新剃度,又一望可知其中心实有千端愁恨者。遂叩之曰:"子出家几载?"

比丘聆余言,沉思久之,凄然应余曰:"吾削发仅月余耳。阿师待我殊有礼义,中心宁弗感篆?我今且语阿师以吾何由而出家者。

"吾恨人也,自幼失怙恃。吾叔贪利,鬻余于邻邑巨家为嗣。一日,风雨凄迷,余静坐窗间,读《唐五代词》,适邻家有女,亦于斯时当窗刺绣。余引目望之,盖代容华,如天仙临凡也。然余初固不敢稍萌妄念。忽一日,女缮一小小蛮笺,以红线轻系于蜻蜓身上,令徐徐飞入余窗。盖邻窗与余窗斜对,仅离六尺,下有小河相界耳。余得笺,循还雒诵,心醉其美,复艳其情,因叹曰:'吾何修而能枉天仙下盼耶?'由是梦魂,竟被邻女牵系,而不能自作主持矣。此后朝夕必临窗对晤,且馈余以锦绣文房之属。吾知其家贫亲老，亦厚报之以金，如是者屡矣。

"一日，女复自绣秋海棠笔袋，实以旃檀香屑见贶。余感邻女之心，至于万状，中心自念，非更得金以酬之，无以自对良心也。顾此时阮囊羞涩，遂不获已，告贷于厮仆。不料仆阳诺而阴述诸吾义父之前。翌晨，义父严责余曰：'吾素爱汝，汝竟行同浪子耶？吾家断无容似汝败行之人，汝去！'义父言毕，即草一函，嘱余挈归，致吾叔父。余受函入房，女犹倚窗迎余含笑。余正色告之曰：'今日见摈于老父，后此何地何时，可图良会耶？'

"女聆余言，似不欢，怫然竖其一指，逡巡答余曰：'今夕无月，君于十一句钟，以舴艋至吾屋后。君能之乎？'余亟应曰：'能之。'

"余既领香谕，自以为如天之福也，即归至家。叔父诘余曰：'汝语我，将钱何所用，赌耶？交游无赖耶？'余唯恭默，不敢答一辞，恐直言之，则邻女声名瓦解，是何可者？俄顷，叔父复问曰：'汝究与谁人赌耶？'余弗答如故。遂益中吾叔父之怒，乃以桐城烟斗，乱剥余肩。余忍痛不敢少动，又不敢哭。

"黄昏后，余潜取邻舍渔舟，肩痛不可忍，自念今夕不行，将负诺，则痛且死，亦安能格我者？遂勉力摇舟，欸乃而去。及至其宅，刚九句钟，余心滋慰，竟忘痛楚。停桡于屋角。待久之，不见人影，良用焦忧。忽骤雨如覆盆，余将孤艇驶至墙缘芭蕉之下，冒风雨而立，直至四更，亦复杳然。余心知有变，跃身入水，无知觉已。

"迄余渐醒，四瞩竹篱茅舍，知为渔家。一翁一媪，守余侧，频以手按余胸次，甚殷。余突然问曰：'叟及夫人拯吾命耶？然余诚无面目，更生人世。'

"媪曰：'悲哉，吾客也！客今且勿言。天必祐客平安无事，吾谢天地。'

"余闻媪言辞温厚，不觉堕泪，悉语以故。媪白发婆娑，摇头叹曰：'天下负心人儿，比比然也。客今后须知自重。'

"叟曰：'勉乎哉，客今回头是岸，佳也。'

"余收泪跪别翁媪而行，莫审所适，悲腾恨溢，遂入岳麓为僧。乃将腰间所系海棠笔袋并香屑葬于飞来钟树脚之侧。后此附商人来是间。今兹茫茫宇宙，又乌睹所谓情，所谓恨耶？"

余闻湘僧言讫，历历忆及旧事，不能宁睡。忽依稀闻慈母责余之声，神为耸然而动，泪满双睫，顿发思家之感。翌朝，余果病不能兴。湘僧晨夕为余司汤药粥施各事，余辄于中夜感极涕零，遂与湘僧为患难交。后此湘僧亦备审吾隐恫，形影相吊，无片刻少离。余病兼旬，始获清健，能扶杖出山门眺望，潭映疏钟，清入骨髓。

第二十三章

忽一日监院过余言曰："明日中元节，城内麦家有法事，首座命衲应赴，并询住僧之中，谁合选为同伴者。衲以师对，首座喜甚。道师沉静寡言，足庄山门风范，能起十方宗仰。且麦氏亦岭南人，以师款洽，较他人方便，此吾侪不得不借重于吾师也。"

余答曰："余出家以来，未尝习此，舍《香赞》《心经》《大悲咒》而外，一无所能，恐辱命，奈何？"

监院曰："瑜伽焰口，只此亦够。尚有侍者三人，于诸事殊练达。师第助吾等敲木鱼及添香剪烛之外，无多劳。万望吾师勿辞辛苦，则常住增光矣。"

余不获已，允之。监院欣然遂去。余语湘僧曰："此无益于正教，而适为人鄙夷耳。应赴之说，古未之闻。昔白起为秦将，坑长平降卒四十万。至梁武帝时，志公智者，提斯悲惨之事，用警独夫好杀之心，并示所以济拔之方。武帝遂集天下高僧，建水陆道场七昼夜，一时名僧，咸赴其请。应赴之法，自此始。

"余尝考诸《内典》：昔佛在世，为法施生，以法教化四生。人间天上，莫不以五时八教，次第调停而成熟之；诸弟子亦各分化十方，恢弘其道。迨佛灭度后，阿难等结集《三藏》，流通法宝。至汉明帝时，佛法始入震旦。唐宋以后，渐入浇漓，取为衣食之资，将作贩卖之具。嗟夫，异哉！自既未度，焉能度人？譬如下井救人，二俱陷溺。且施者，与而不取之谓；今我以法与人，人以财与我，是谓贸易，云何称施？况本无法与人，徒资口给耶？纵有虔诚之功，不赎贪求之过。若复苟且将事，以希利养，是谓盗施主物，又谓之负债用。律有明文，呵责非细。"

湘僧曰："阿师言深有至理，令人不可置一词也。第余又不解志公胡必作此忏仪，延误天下苍生耶？"

余曰："志公本是菩萨化身，能以圆音利物。唐持梵呗，已无补秋毫。矧在今日凡僧，更何益之有？云栖广作忏法，蔓延至今，徒误正修，以资利养，流毒沙门，其祸至烈。至于禅宗本无忏法，而今亦相率崇效，非宜深戒者乎？顾吾与子，俱是正信之人，既皈依佛，但广说其四谛八正道，岂人天小果有漏之因，同日语哉？"

湘僧曰："善哉！马鸣菩萨言：诸菩萨舍妄一切显真实，诸凡夫覆真一切显虚妄。"

第二十四章

明日，余随监院莅麦氏许，然余未尝询其为何名，隶何地，但知其为宰官耳。入夜，法事开场，此余破题儿第一遭也。此时男女叠肩环观者甚众。监院垂睫合十，朗念真言，至"想骨肉已分离，睹音容而何在"，声至凄恻。及至"呜呼！杜鹃叫落桃花月，血染枝头恨正长"，又"昔日风流都不见，绿杨芳草髑髅寒"，又"将军战马今何在，野草闲花满地愁"等句，则又悲健无伦。斯时举屋之人，咸屏默无声，注瞩余等。余忽闻对壁座中，有婴宛细碎之声，言曰："殆此人无疑也。回忆垂髫，恍如隔世，宁勿凄然？"时复有男子太息曰："伤哉！果三郎其人也。"

余骤闻是言，岂不惊怛？余此际神色顿变，然不敢直视。女郎复曰："似大病新瘥，我知三郎固有难言之隐耳。"

余默察其声音，久之，始大悟其即麦家兄妹，为吾乡里，又为总角同窗。计相别五载，想其父今为宦于此。回首前尘，徒增浩叹耳。忆余羁香江时，与麦氏兄妹结邻于卖花街。其父固性情中人，意极可亲，御我特厚，今乃不期相遇于此，实属前缘。余今后或能借此一讯吾旧乡之事，斯亦足以稍慰飘零否耶？

余心于是镇定如常。黎明，法事告完，果见僮仆至余前揖曰："主人有命，请大师贲临书斋便饭。"

余即随之行。此时同来诸僧，咸骇异，以彼辈未尝知余身世，彼意谓余一人见招，必有殊荣极宠。盖今之沙门，虽身在兰阇，而情趣缨绋者，固如是耳！

及余至斋中，见餐事陈设甚盛：有莼菜，有醋鱼、五香腐干、桂花栗子、红菱藕粉、三白西瓜、龙井虎跑茶、上蒋虹字腿，此均为余特备者。余心默感麦氏，果依依有故人之意，足征长者之风，于此炎凉世态中，已属凤毛麟角矣。少顷，麦氏携其一子一女出斋中，与余为礼。余谛认麦家兄妹，容颜如故，戏采娱亲；而余抱无涯之戚，四顾萧条，负我负人，何以堪此？因掩面哀咽不止。麦氏父子，深形凄怆，其女公子亦不觉为余而作啼妆矣。

无语久之，麦氏抚余庄然言曰："孺子毋愁为幸。吾久弗见尔。先是闻乡人言，吾始知尔已离俗，吾正深悲尔天资俊爽，而世路凄其也。吾去岁挈家人侨居于此，昨夕儿辈语我，以尔来吾家作法事，令老夫惊喜交集。老夫耄矣，不料犹能会尔，宁谓此非天缘耶？尔父执之妇，昨春迁居香江，死于喉疫。今老夫愿尔勿归广东。老夫知尔了无凡骨，请客吾家，与豚儿作伴，则尔于余为益良多。尔意云何者？"

余闻父执之妻早年去世，满怀悲感，叹人事百变叵测也。

第二十五章

余收泪启麦氏曰："铭感丈人，不以残衲见弃，中心诚惶诚恐，将奚以为报？然寺中尚有湘僧，名法忍者，为吾至友，同居甚久，孺子滋不忍离之。后此孺子当时叩高轩侍教，丈人其恕我乎？"

麦氏少思，霭然言曰："如是亦善，吾唯恐寺中苦尔。"

余即答曰："否，寺僧遇我俱善。敬谢丈人，垂念小子，小子何日忘之？"

麦氏喜形于色，引余入席。顾桌上浙中名品咸备，奈余心怀百忧，于此时亦味同嚼蜡耳。饭罢，余略述东归寻母事。麦氏举家静听，感喟无已。麦家夫人并其太夫人，亦在座中，为余言天心自有安排，嘱余屏除万虑；余感极而继之以泣。及余辞行，麦家夫人出百金之票授余，嘱曰："孺子莫拒，纳之用备急需也。"

余拜却之曰："孺子自逗子起行时，已备二百金，至今还有其半，在衣襟之内。此恩吾唯心领，敬谢夫人。"

余归山门。越数日，麦家兄妹同来灵隐，视余于冷泉亭。余乘间问雪梅近况何若。初兄妹皆隐约其辞，余不得端倪。因再叩之，凡三次。其妹微蹙其眉，太息曰："其如玉葬香埋何？"

余闻言几踣，退立震慑，捶胸大恸曰："果不幸耶？"

其兄知旨，急搀余臂曰："女弟孟浪，焉有是事？实则……"语至此，转复慰余曰："吾爱友三郎，千万珍重。女弟此言非确，实则人传彼姝春病颇剧耳。然吉人自有天相，万望吾爱友切勿焦虑，至伤玉体。"余遂力遏其悲。

是日，麦家兄妹复邀余同归其家。翌晨，余偶出后苑嘘气，适逢其妹于亭桥之上，扶栏凝睇，如有所思。既见余至，不禁红上梨涡，意不忍为陇中佳人将消息耳。余将转身欲行，其妹回眸一盼，娇声问曰："三郎其容我导君一游苑中乎？"

余即鞠躬，庄然谢曰："那敢有劳玉趾？敬问贤妹一言，雪梅究存人世与否？贤妹可详见告欤？"

其妹嘤然而呻，辄摇其首曰："谚云：'继母心肝，甚于蛇虺。'不诚然哉？前此吾居乡间，闻其继母力逼雪姑为富家媳，迨出阁前一夕，竟绝粒而夭。天乎！天乎！乡人咸悲雪姑命薄，吾则叹人世之无良，一于至此也！"

余此时确得噩信，乃失声而哭，急驰返山门，与法忍商酌，同归岭海，一吊雪梅之墓，冀慰贞魂。明日午后，麦氏父子，亲送余等至拱宸桥，挥泪而别。

第二十六章

余与法忍至上海，始悉襟间银票，均已不翼而飞，故不能买舟，遂与法忍决定行脚同归。沿途托钵，蹭蹬已极。逾岁，始抵横蒲关，入南雄边界。既过红梅驿，土人言此去俱为坦途，然水行不一由延能达始兴。余二人尽出所蓄，尚可敷舟资及粮食之用，于是扬帆以行。风利，数日遂过浈水，至始兴县，余二人忧思稍解。是夕，维舟于野渡残杨之下。时凉秋九月矣，山川寥寂，举目苍凉。忽有西北风潇飒过耳，余悚然而听之，又有巨物呜呜然袭舟而来，竟落灯光之下，如是者络续而至。余异而瞩之，约有百数，均团脐胖蟹也。此为余初次所见，颇觉奇趣。

法忍语余曰："吾闻丹凤山去此不远，有张九龄故宅，吾二人明晨当纤道往观。"

又曰："惜吾两人不能痛饮，否则将此蟹煮之，复入村沽黄醪无量，尔我举匏樽以消幽恨。奈何此夕百忧感其心耶？"

语次，舟子以手指枫林旷刹告余二人曰："此即怀庵古兰若也，金碧飘零尽矣。父老相传，甲申三月，吾族遗老誓师于此，不观腐草转磷，至今犹在？嗟乎！风景依然，而江山已非，宁不令人愀然生感，欷歔不置耶？"

迨余等将睡，忽而黑风暴雨遽作。余谓法忍："今夕不能住宿舟中，不若同往荒殿少避风雨，明日重行。"法忍曰："善。"余二人遂辞舟子，向枫林摩道而入。既至山门，缭垣倾圮殆尽，扉亦无存者。及入，殿中都无声响，唯见佛灯，光摇四壁。殿旁有甬道，通一耳室，余意其为住僧寮房，故止步弗入。法忍手扪碑上题诗，读曰：

   十郡名贤请自思 座中若个是男儿
   鼎湖难挽龙髯日 鸳水争持牛耳时
   哭尽冬青徒有泪 歌残凝碧竟无诗
   故陵麦饭谁浇取 赢得空堂酒满卮

  余曰："此澹归和尚贻吴梅村之诗也。当日所谓名流，忍以父母之邦，委于群胡，残暴戮辱，亦可想而知矣。澹归和尚固是顶天立地一堂堂男子。呜呼！丹霞一炬，遗老幽光，至今犹屈而不申，何天心之愦愦也？"

  时暴雨忽歇，余与法忍无言，解袱卧于殿角。余陡然从梦中惊醒，时万籁沉沉，微闻西风振箨，参以寒虫断续之声；忽有念《蓼莪》之什于侧室者，其声酸楚无伦。听至——"哀哀父母，生我劬劳"句，不禁沉沉大恸，心为摧折。

  晨兴，天无宿霭。余视此僧，呜呼，即余乳媪之子潮儿也！余愕不止；潮儿几疑余为鬼物，相视久之，悲咽万状曰："阿兄归几日矣？"

  余曰："昨夕抵此，风雨兼天，故就宿殿内。贤弟何故失容？阿母无恙耶？"

  潮儿未及发言，已簌簌落泪，白余言曰："慈母见背，吾心悲极为僧，庐墓于此，三经弦望矣。"

  余闻言，震越失次，趋前抱潮儿而恸哭曰："吾意归南海必先见吾媪。余自襁褓，独媪一人怜而抚我，不图今已长眠。天乎！吾媪养育之恩，吾未报其万一。天乎！吾心胃都碎矣！"

既而潮儿导余等出西院门，至其亡母墓前，黄土一抔，白杨萧萧，山鸟哀鸣其上。余同法忍，俯伏陨涕。潮儿抆泪言曰："亡母感古装夫人极矣！舍古装夫人而外，欲得一赐惠之人，无有也。吾前月奉去一笺，不知阿兄遄归。今会阿兄于此，亦余梦魂所不及料，宁非苍天垂愍？先母重泉慰矣。"

第二十七章

余等暂与潮儿为别，遂向雪梅故乡而去。陆行假食，凡七昼夜，始抵黄叶村。读者尚忆之乎？村即吾乳媪前此所居，吾尝于是村为园丁者也。顾吾乳媪旧屋，既已易主，外观自不如前，触目多愁思耳。余与法忍，投村边破寺一宿。晨曦甫动，余同法忍披募化之衣，郎当行阡陌间。此时余心经时百转，诚无以对吾雪梅也。

既至雪梅故宅，余伫立，回念当日卖花经此，犹如昨晨耳。谁料云鬓花颜，今竟化烟而去！吾憾绵绵，宁有极耶？嗟乎！雪梅亦必当怜我于永永无穷！余羁縻世网，亦恹恹欲尽矣。唯思余自西行以来，慈母在家，盼余归期，直泥牛入海，何有消息？余诚冲幼，竟敢将阿姨、阿母残年期望，付诸沧渤。思之，余罪又宁可逭耶？此时余乃战兢而前，至门次，颤声连呼："施主，施主！"

少选，小娃出，余审视之，果前此所遇侍儿，遗余以金者。侍儿忽而却立，面容丧失，凝眸盼余二人，若识若不识。余未发言，寸心碎磔，且哭且叩侍儿曰："子还忆卖花人否耶？雪姑今葬何许？幸子导吾一往，则吾感子恩德弗尽。吾今急不择言，以表吾心，望子怜而恕我。"

侍儿闻余言，始为凛然，继作怒容，他顾久之，厉声曰："异哉！先生，人既云亡，哭胡为者？曾谓雪姑有负于先生耶？试问鬻花郎，吾家女公子为谁魂断也？"言至此，复相余身，双颊殷然，含颦言曰："和尚行矣，恕奴无礼，以对和尚。"

语已返身，力阖其扉。余立垂首，无由申辩，不图竟为僮娃峻绝，如剚余以刃也。余呆立几不欲生人世。良久，法忍殷殷慰藉，余不觉自缓其悲，乃转身行，法忍随之。既而就村间丛冢之内遍寻，直至斜阳垂落，竟不得彼姝之墓。俄而诸天曛黑，深沉万籁，此际但有法忍与余相对呼吸之声而已。余低声语法忍曰："良友已矣，吾不堪更受悲怆矣！吾其了此残生于斯乎？"

法忍闻余言，仰首瞩天，少选，以悲梗之声，百端慰解，并劝余归寺，明日更寻归途。余颓僵如尸，幸赖法忍扶余，迤逦而行。呜呼！

"踏遍北邙三十里，不知何处葬卿卿。"

读者思之，余此时愁苦，人间宁复吾匹者？余此时泪尽矣！自觉此心竟如木石，决归省吾师静室，复与法忍束装就道。而不知余弥天幽恨，正未有艾也。

《太平洋报》1912年5月12日至8月7日

金陵秋

林 纾

缘 起

冷红生者,世之顽固守旧人也。革命时,居天津。乱定复归京师,杜门不出,以卖文卖画自给,不求于人,人亦以是厌薄之。

一日,忽有投刺于门者,称曰:"林述庆请受业门下。"

生曰:"将军非血战得天保城,长驱入石头者耶?"林曰:"不如先生所言。幸胜耳。"生曰:"野老不识贵人。将军之来,何取于老朽?"将军曰:"请受古文。"生曰:"如老朽之文,名为文耶?若将军不以为劣者,自今日始。但论文不论时事。"

如是累月,将军每数日必一至听讲。

已而忽言将军以暴疾卒矣。生奔哭其家。幼子甫二岁。夫人缟素出拜,以将军军中日记四卷见授,言亡夫生平战迹,悉在其中。读之,文字甚简朴。生告夫人:"此书恐不足以传后。老朽当即日记中所有者，编为小说，或足行诸海内。以老朽固以小说得名也。"

既送将军之丧，南归，夫人于铁路之次，尚呜咽请速蒇事。

生以经月之功，成为此书。其中以女学生胡秋光为纬，命曰《金陵秋》。至秋光与王仲英有无其人，读者但揣其神情，果神情逼肖者，即谓有其人可也。

嗟夫！将军之礼我，较诸邢恕及耶稣门之犹大，相去万万矣。冷红生识。

第一章　腐责

一夕，苍石翁忽大声咤曰："阿雄，汝今日果从革命党人起事矣！吾家世忠厚，祖宗积书盈屋。汝弗绍祖烈，从此轻薄子为洞腹断脰之举！方今重兵均握亲藩之手，粮糈军械，一无所出，谓可仓卒以成事。天下有赤手空拳之英雄，排肉山以受精铁耶？吾行哭汝于东市矣！"

阿雄受责，颜色不变，就灯取火，上淡巴菇于翁曰："阿翁勿怒。翁守经蹈常，一腔忠爱，虽不仕于清，而恒眷眷君国，儿知之稔矣。叔苴子有言：'当权时而执经，皆可言而不可行；处经时而用权，皆可行而不可言。'今日天下汹汹，名为经时，实则乱萌已长。父老子弟之心，皆知爱新觉罗氏之不腊。凡有血气者，无人不怀革命之思。儿固不能以赤手空拳当此精铁；翁能以资忠履义，扶彼衰清耶？"

翁大怒曰："孺子宜杖！爱新觉罗氏入关百余年，何辜于汝辈？德宗皇帝于戊戌之年所下诏书，人人感泣。当时果无中梗之人，则君主立宪之局已成，胡至有庚子之变？顾新主冲龄，尔辈当念先帝之余泽，何至覆巢碎卵，必不留此一块肉！矧举事不必即成，当时英国以亲藩革命，尚不能至。汝谓陈胜、吴广，兹匪可一蹴而及，蠢子不惟不审史局，而且不悉天下大势，吾又将奈汝何。"

雄闻言夷然，鞠躬言曰："翁乃不知今日正为胜、广得志之秋。大凡天下至快意之事，必有大失意之事从乎其后。始皇帝手夷六国，眼中岂复着此戋稚之胜、广？惟不务德而立威，刑戮一道可以狼藉人之血肉，万不能款服人之心腹。"

语未竟，翁咤曰："汝谓今日朝廷亦如二世之妄杀耶！"

雄笑曰："儿意未尽，请翁毕儿所言。今日朝廷，险暴固不如秦，然麻木亦足以兆乱。国会一节，必迟至九年。国民斩指断腕，诣阙陈乞。而童相国阳为赞叹，阴入告执政亲王，则以乱贼目之。翁不知请愿之代表，乃传置如囚，趣之还家。枢要之意，殆欲用此以塞天下之口。须知国会一开，则清之基础立固，而必多方自误，令人莫解。今方知捐荼茹蒿者，必无识甘之口；弃琼拾砾者，必无甄别之明。爱新觉罗氏之亡决矣。"

翁气少平，喟然曰："天乎！王子履一生未涉仕途，亦知邪阴之湛溺太阳至矣。亡国在我意料之中，惟不愿眼见其子弟亦为草泽揭竿之举。雄来，汝适言国会开，升平即可跂足而待。汝大误矣。法国、英国之议员，多一乡一邑中之强有力者，未选举之前，必大加运动。或贿佻佻者，使之颂扬于报纸之中；或饵愚蒙者，使之投票于选举之日；间有门第高、声望重者，则出美妻以联络之，务在必得而后已。然其人尚有学问，与议之时，尚能明清浊、知去取。若中华人物多综于省会之中，而山县僻壤，木然不知国会为何事、议员为何物。一闻足柄天下之大权，则土豪恶衿必在当选之列。否则身拥重资，出而购票，即可驱驾一乡一邑之人。尔谓仗此人物即可坐致承平。老人正患专制未除，特恢恢归于沉瘵，国会一立，必匆匆成为暴亡。汝勿欣畅，且姑待之。"雄曰："天若佑我中华，决无是事。"

父子方坐论间，侍者传魏子龙先生至门。子履命入。子龙者，与雄同在陆军学堂肄业，意气相得，盖同主革命者。一入门，即呼曰："仲英，何久不见？汝不闻川中大乱作耶？"雄曰："我微闻之，殆为铁路收归国有之事。"子龙曰："然。朝议所定收回办法，鄂湘路照本给还。粤路仅准发还六成，其余四成，给无利股票。川路实用之款，给国家保利股票，余股或附股，或兴办实业，亦由上谕规定，不得由股东收回。"

子龙语至此，雄大怒曰："然则行剽劫耳！何名朝议？"

子龙曰："杨文鼎、王人文咸言其不可。然已严旨申饬。而李翰林诣部定宜夔工程，股东大沸，通告全川罢市、罢课，一切厘税概置不纳。肇自成都，遂及各属。川督赵某乃大行罗织。七月十五日，股东方开会，赵以柬延致十九人，首为蒲殿俊、罗伦，次颜谐、张澜，又次则邓孝可，立时下狱。全川鼎沸，父老顶先帝牌位跪清节楼。赵命发排枪。川事不可为矣。"

子履闻言，嗒然曰："子龙，兹事确耶？"子龙曰："不敢奉欺长者。"子履曰："兹变非细。赵某取媚贵要，必且大行杀戮。枢近木木而冒利，不求便民，但民以为快。铁路国有，善策也。然当还民股本，不当悉数入官。老夫闻蜀路巨款，已干没于任事之手。民之失款，或且取偿于官，遂兆此衅。然中国官府，幽暗如神鬼，民不能自剖其胸臆。廷旨既昧是非，而官中复出以强悍。上下之情隔，官转以民之陈请为抗挠，则出其遏抑之权力。

自开国至于今日，匪不如是。惟气运未衰，民无思乱之心、为乱之力，事尚可为。今日乃非昔比，而赵某袭此故智。两川一动，牵连武汉，祸发旦夕矣。"子龙曰："丈见事之精，殊无伦比。"

子履曰："尚有所闻否？"子龙曰："知必奉告。"

第二章　叙系

王子履，名礼，江西萍乡人也。祖士震，仕至礼科给事中。

父元廷，以翰林仕终国子监司业。子履以诸生不仕，居京寓读其父书，弗求闻达。然公卿间无不审其品学者。子二：长曰隽，字伯凯；次曰雄，字仲英，咸秀挺，喜陆军之学。伯凯已毕业，充镇江军官。仲英则留京侍父，然已阴合革命党人，时与洞明会通书。

广州一役，党人大挫。南产之英，如方、林诸君，皆殁于行阵间。伯凯自镇江贻书仲英曰："广州之变，精锐尽丧。粤帅张某尚解事，不复广加罗织。或知朝政日非，非改革莫可。

"首事者已幸脱罗网，再图后举。然兄意颇不属其人。会中薰莸杂收，好恶非一，为国者鲜，为利者多。今虽徒党布满东南，或有奋不顾身者，正恐破坏以后，建设为难。坐无英雄为之镇摄耳。此间林标统述卿，为闽产，僄锐忠挚，临难有断，全军属心，阿兄与之朝夕从事。将来以镇兵进规江南，或易得手。

"林君之意，颇望弟一临。能否禀诸老亲，一莅镇江相见？"

仲英得书，踌躇竟日。适起旋，留书案上，为子履所见，即问仲英曰："若兄书来，胡不告我？"仲英曰："据书辞，东南军队，似已摇动。儿意彼嚣嚣均喜乱之人，非实心为国者。林君，儿固闻其忠挚。今阿兄有书，拟自往镇江，一与把晤。"子履叹曰："吾衰矣,虽未沾禄糈,而祖、父皆仕清朝。革命一语,吾万不出诸口吻。实则亲藩大臣,人人自种此亡国之孽。儿子各有志向,宁老人所能力挽?汝善为之,并告党人,幸勿仇视少帝。老人终身为清室遗民,党人或悯吾衰,不疑为宗社之党。汝今尽行。须知革命者,救世之军,非闯、献比也。"仲英见允于父,则大悦。遂治任,挟快利手枪,滕以弹子百余枚,慨然直出津沽。

时已初秋,余热尚炽。天津中已渐渐有党人出没,欲以潜煽军队。逻者亦颇缜密。道遇吴子穆自武昌来,遂同饮于第一楼。吴曰:"别仲英久,不知迩来何作?吾曾一至镇江,与伯凯相见。伯凯意怏怏不自聊。尝语予天下大势已涣,但不知引绳而断,其受断果在何处。段扈桥已以鄂军入川,思欲用兵力遏抑蜀中子弟。雷慎如,昏聩人也,矫袭能名,以欺蒙此权纲弛迁之朝廷,坐拥重兵,扼守江汉。同人谓不起事则已,一着手先袭武昌,绝江可以进规中原,下驶便足收取吴会。吾闻尊兄言,深以为然。而林标统尤跃跃欲试。仲英此行,果否往面尊兄于江上?"仲英曰:"然。"子程曰:"新铭以明日至沪,仲英可附之行。吾亦有事将入都也。"既别,仲英归乐利旅馆。

明日为七月二十五日。海上风静,波平如镜。海行二日有半,已至上海。遂居长发栈。盥漱既已,饭后至泥城桥,访苏寅谷、倪伯元。二君方同居,楼外垂杨数株,摇曳有秋意。入门时,见有女士两人,一为旌德卢眉峰,一为无锡顾月城。月城纤弱妩媚,眉峰则秀挺健谈。倪方小病,犹御夹衣。苏则未归。倪为介绍见两女士,皆洞明会中人也。仲英一一进与握手。

眉峰曰:"闻尊兄伯凯方在镇江经营,有席卷江南之意,真属人杰。今女界同人，方组织女子经武练习队，为革命军之后劲。"仲英曰："宗旨安属？"眉峰曰："本队以练习武学，扶助民国。"仲英曰："职务如何？"眉峰曰："本队为女子洞明会，调查执行两部之豫备。俟练习已成，即服调查执行之职务。"仲英曰："科目如何？"眉峰曰："甲讲演，乙补习，丙操法。"仲英曰："经费安出？"眉峰曰："本队一切用款，由洞明会担任。"仲英曰："敢问俸给？"眉峰曰："队长月十二圆，队员十圆。"仲英曰："有志哉！惟鄙人一生愚直，不敢曲徇同胞，亦非过事胆慑。适自北来，观北军皆属精锐，一人能发数十枪，气息无动。且发枪时，皆伏身泥土之中，引锹掘土自蔽。须知枪膛力支须左腕，屈其三指仰张如架；右腕扼枪机；枪跌之力，抵于右膊。极文人之力，演习不过三枪，腕力已尽。若在女界，纤弱过于文人，而两股劲力或因裹脚而莝，安能支拄？且一军弹尽，则须肉搏。或用力猛斫，或用枪跌倒击，前方扑敌，而后已为人所乘。谓此纤纤者能与北方食麦之人竞力耶？顾神州发难伊始，女界不能不具此思力。吴宫教战之事，特作外观，不必用以作战。鄙意尚以红十字会上着。"

眉峰大怒曰："妄男子勿肆口诬人！今日幸未携得手枪，不尔，汝胸间洞矣。"月城亦微愠，两颊皆赪，不作语。倪伯元长揖眉峰曰："仲英戆而不检，幸眉峰少宽假之。"仲英微笑兴辞。伯元送至楼次。问寓居所在，仲英以长发栈告之。

第三章　遇艳

明日，伯元及寅谷皆至，相见大笑。述昨日事，寅谷曰："仲英太狞直。方今女界不惟勃勃有武士风，并欲置身朝列，平章政事。谨厚者检避其锋，诺诺不敢规以正言。而佻佷者则推波助澜，将借此以贡媚。故气焰所被，前无沮抑之人。仲英昨日正言弹之，适中弊病，宜其不能任受。"仲英曰："中国女权之昌，可云盛满。但观仕宦一途，其敬畏夫人有同天帝，号令所出，虽庭训不能过也。今女界犹昌言为男子所屈，暗无天日，此或未嫁夫者之言。若正位璇闱，威令无抗，则玉人颜色过于朗日晴天矣。"

伯元大笑曰："仲英持此宗旨不改者，后此所遇悉皆荆棘。汝须知，牝狮之牙吻不易当也。"仲英曰："当谨避之。"伯元曰："今仲英以何日赴镇？"仲英曰："吾闻武昌军队人人有反正之思。"谓："到镇一面家兄，赴鄂一觇动静。"寅谷曰："此间屋宇沉晦，且出小饮于海天春。"于是三人同行。

觅得酒座，甫去外衣，忽有美人搴帘，盈盈出其素面，风神绝代，呼曰："寅谷、伯元，今日乃钦生客耶？"两人同起曰："秋光女士何来？客为王仲英，亦吾辈中人。可入小坐。"秋光岸然遂入，与仲英相见。

女胡姓，南京建昌人也，叙谊为同乡。仲英踧踖，既艳秋光之美，又患暴烈如卢眉峰，遂不敢道及时事。乃秋光者，温雅无伦，问伯元曰："日来曾否晤及眉峰、月城诸人？"仲英失色。寅谷失声而笑，喷酒满案。秋光愕然曰："所谓经武练习队者如何？讵两人所营谋者中有变故耶？"伯元曰："否否。"同述昨日眉峰欲出枪毙仲英事。

秋光蹙然曰："何至于是！神州陆沉，勠力固仗男子，我曹巾帼，所以出而襄助者，亦以鼓励英雄奋往之气。前此数百年，英国武士较力，必得名姝为之监史，胜者向之长跽，加以花冠。

非谓女子之勇能与男子驰逐中原，大凡英雄性质，恒欲表异于女子之前。即所谓经武练习队者，何尝非有志之所为。特资为激扬前敌之勇气，使知女子且不惜其生，矧堂堂男子，乃使其背为敌人所见，可羞孰甚。眉峰伉爽有丈夫气。吾虞其暴烈，往往开罪正人。行当以正言规谏之。"

仲英闻言爽然，始敢回眸平视。见秋光冠鸵鸟之冠，单缣衣，腰围瘦不盈握。曳长裙，小蛮靴之黑如漆。天人也，不惟貌美，而秀外慧中，尤令人心醉。惟神宇之间，含有静肃之气，凛然若不可犯。而和蔼之言，味之乃如醇酒。即敛容答曰："女士识高于顶，不佞不能为游、夏之赞。但愿女士时时抱此宗旨，用以感化女界。须知女子之贵，万非混浊世界中泯泯者之比。发言当如金科玉律，必使男子遵行。含高识于和平之中，不能裹庄严为愤激之论。"

秋光意大感动，即曰："吾乡乃大有人！敢问先生南来何事？"仲英曰："家兄为镇江军官，久不相见，今且往省之。"

秋光曰："先生曾至西湖乎？"仲英曰："固闻其胜。"伯元曰："恨仲英方匆匆欲溯江而上，不然侍秋光一览西泠风物，亦大佳事。"仲英曰："戎马风尘，安有此种清福！不知近日蜀事如何？"秋光曰："吾近得表兄重庆来书，赵某以谋反诬股东，收捕如处剧盗，飞章入告。读邸抄，有旨：'四川逆党，勾结为乱。饬赵某分别剿抚，并饬段芳带队入川。'而雷慎予复奏成都城外有乱党数万人，四面攻扑，势甚危急。各府州县，亦复有乱党煽惑鼓动。闻已用钱西龄会办剿抚事宜。一面抽调鄂省军队，纷纷赴援。实则，兹事一钱西龄已可了，即专属王人文，亦足收戢乱萌。顾愦愦之枢臣，乃张皇如此，真使人难于索解。"

仲英曰："女士论时局，真能得其要领。鄙人五体投地矣。"秋光色赪，谢曰："先生奖掖逾分，使人难堪。"寅谷、伯元同声言曰："秋光女士不愧知言。仲英先生初非瞎赞。两两得之。"席罢，三人同送秋光至于门外。

秋光登车时，独顾仲英曰："再图相见。"

第四章　鄂变

武昌者，禹贡荆州之域，天文翼轸分野（此沿故书之谬）。

自周夷王时，地属楚。楚熊渠封其子红为鄂王，始名鄂。春秋时，谓之夏汭，属南郡。汉置江夏郡，治沙羡。三国时，吴分江夏，更立武昌郡，徙都焉。晋以武昌隶江州，江夏隶荆州。

刘宋于江夏县置江夏郡，兼置郢州。梁分置南北新州。隋平陈，改置鄂州。大业初，复为江夏郡。唐复为鄂州。天宝初，改江夏郡。乾元初，复为鄂州，属江南道。元和初，升武昌军节度。

五代时，唐遥改武清军。南唐复为武昌军。宋以鄂州属荆湖北路。元至元中，置鄂州路。大德中，改武昌路。明甲辰年，改武昌府，清仍之。其地扼束江湖，襟带吴楚，南抵五岭，北连襄溪，墉山而城，堑江而池，天下要区也。清廷以雷慎予督其地。

自广州事起，鄂中大震。雷大集将校信誓，逻骑四出。八月初，阖城流言鼎沸，言大江南北咸有革党潜伏，将克期举事。

雷大惊，发军符召集巡警及右路巡防队、警务公所消防队，与第八镇工程营，环卫节楼，夜中炱炱与姬妾相守。偶闻爆竹声，亦以为炸弹发，齿震震作声不已。

十三日，急檄召张虎督骑士入城。复檄巡警道王越庄扼守江岸，止机船及小艘向夜咸不得渡。

十五日，风声益紧，雷战栗无人色，薄暮即闭辕门。饬骑士入驻，自堂及庭，坐卧无次，皆军队。夜凉风起，灯光黯淡，而张虎则督其所部分巡宾阳门。混成协统黎公，亦以所部屯武胜门外。

十六日，雷大集僚佐议平乱，然实无策，但谋自卫。节署中一二三四正堂及五福堂，兵警充斥。复移召混成协统黎公，以兵驻汉阳兵工厂。檄长江船队楚谦、楚同、楚有，及本省巡防舰队楚材、楚安、江清、江泰，摩擦炮膛，储蓄火力，停泊江面如待严敌。臬司马章恐狱囚乘乱逃逸，亦严兵扼犴狱，筹防周备。顾所不能防者，人心耳！

十七日以后，逻侦愈密。而汉口租界已擒得党人。雷知祸发不远。计革人既潜汉口，而武昌中襆伏必多。是晚张虎得报，革党窟穴凡三处：一为小朝街九十二号，一为八十二号，一为八十五号。张遂以精锐进扑。在九十二号中获党人八，合两处共二十七人。中有龙韵兰者，女学生也，娉婷作西装，若不胜衣。然侃侃对簿，气概如男子。承审者为铁锤。党人一一自承不讳，遂骈斩于东辕门外。

正倥偬间，谍言雄楚楼北桥尚伏革党。当事者即潜兵往取。

室中灯火荧荧，方印刷告谕，誊缮名册。兵入，有登屋遁者。

缚五人归。同时，炸弹发者数处，节署亦得炸弹一巨箧，为教练队学生兵所藏，立斩于堂阶之下。

雷即夕电奏，言已骈戮革命党七十三人，鄂祸弭矣。越十八日，复获党人，得名册，多尺籍中人。于是人人惴恐，知不先发，祸且遝及。

十九夜，工程第八营左队，壁间人声大噪，用白布缠左膊，以同心勠力为口号，万声哗动。队官阮荣发仓皇问状，茹弹立僵。步队二十九及三十两标，同时响应，杀其长官五人，下令城中能闭户勿出者免死。揭械趋楚望台。旗军素不习战，闻变，在睡昧懵腾中，手颤不能胜枪，枕藉死者百余人。巡警知势不敌，潜下其佩章，微服而遁。时十五协兵士亦大集，与革军相应和。协统王胜飞电告张虎，立时逊避。革军遂载子弹至蛇山、下关、马厂、咨议局旁，直扑节署。而署中卫士已先变，纵火掷弹，喊声沸天。

雷慎予已先载其姬妾于江船中，及火起，遂挟卫士数人出城。革军不知雷遁，分军扑藩署。然卫队尚能战。开枪互击，二门立毁，尚坚守银库。藩司某越高墉而逃。各署以次收检，乃悉力攻节楼。架炮于蛇山高处，毁督署头门。

夜午炮停，收军聚议，顾不得统帅。然黄陂黎公者，忠谨端毅，素得士心。金曰：必黄陂出，大事乃定。乃群趣黎寓，起公领此军。黎公从容承诺，遂长鄂军政府，行大都督事。立唐齐武为民政长，严定军律，城中肃然。

第五章　鄂政

武昌既定，以兵收汉阳兵工厂。司厂者为东越王子鉴，通西学，能文章。兵至，以都督府教令受代，且曰："君能任此者，可勿行。"王不可，遂以单衣出。同时收铁厂，司厂者为李一荆，闻变归，黎公遂留治厂事。

既收汉阳，全鄂底定。遂真立军政府，分司令、军务、参谋、政事四部。收集鄂中知名之士，分任职司。其条例曰：

第一章，都督府。

第一条曰，都督分设各部：一曰司令，二曰军务，三曰参谋，四曰政事。

第二条曰，前各部直辖于都督，受都督指挥命令，执行主管事务。

第三条曰，司令、军务、参谋部自下级军官以上，政事部自局长以上，均由都督亲任。各部各营下级军官，由该管长官呈请都督札任。

第四条曰，关于军政重要事件，由都督召集临时军事参议会议或顾问会议，议决施行。

第五条曰，都督府设秘书官若干员，由都督自行辟用。军务部总务科员，仍兼充秘书官。

第六条曰，凡发布命令及任免文武各官，均属都督之大权。

第二章为司令部。

第七条曰，司令部总长，都督兼充。

第八条曰，司令官分二种：中央司令官若干员，由都督亲任；地方司令官，由各地镇守军事长官兼充，禀承都督执行任务。

第九条曰，司令部置幕僚，由司令官请都督札任，置收掌员两人，书记员四人，传递官四人。

第三章为军务部。

第十条曰，军务部置部长一人，副长一人，下列七课：一总务课，二军务课，三人事课，四军需课，五经理课，六执法课，七医务课。

第十一条曰，总务课掌左列事务：一属于机宜事项。二关于军事公文书类之收发、编纂、保存事项。三印刷及翻译文书事项。四关于征发对象、表册报告及统计事项。五依例规应办庶务及不属于各课事项。

第十二条曰，军事课掌左列事项：一建置及编制事项。二军队配置事项。三演习及教练事项。四动员计划。五戒严及征发事项。六关于战时规则事项。

第十三条曰，人事课掌左列事项：一关于将校、士官及附属文官之进退任免、分科、定俸事项。二关于各项人员名簿及兵籍事项。三关于军事恩给、进位、赏与事项。

第十四条曰，军需课掌左列事项：一关于军事出纳、预算、决算报告事项。二关于军官兵士俸给及旅费之规定事项。三关于军装粮饷及马匹给予之规定事项。

第十五条曰，经理课掌左列事项：一关于军装被服之制造及检查事项。二关于战用箭械及马具事项。三关于陆军诸建筑事项。

第十六条曰，执法课掌关于军政裁判事项。凡关于犯罪事项，应由军法会议议决施行。但都督有特赦命令者，不在此限。

第十七条曰，医务课掌左列事项：一关于卫生及饮水用水事项。二关于医疗病院及各营疗养事项。三关于卫生材料及恤兵团体之组织事项。

第十八条曰，各课员之配置另定之。

第四章为参谋部。

第十九条曰，参谋部置参谋长一人，副长两人，参谋官若干人，由都督于将校中选深通军事学者亲任之。

第二十条曰，参谋辅佐都督，参划防战及关于用兵一切事项。参谋部应行各事，经都督核准画诺后，即移送于各该部管主任部课执行。

第五章为政事部。

第二十一条曰，政事部置部长一人，副长一人，及七局如左：外务局、内务局、财政局、司法局、交通局、文事局、编制局。政事部条例另定之。

第六章加以附则。

第二十二条曰，本条例自经都督核准之后，即公布施行。

第二十三条曰，本条例至鄂省大定，交战团体巩固之日，即行废止。另由都督令军政府国民组织临时议会，公举政务委员，分任责任。

以上条例，读吾书者至此必颦眉无味，且掀过此一章，另觅下章，取其新奇有趣者。不知此为必存之故事也。

凡小说一道，有但言情愫，供酒客花前月下之谈；有稿本出诸伤心之人，目击天下祸变，心惧危亡，不得已吐其胸中之不平，寓史局于小说之中，则不能不谈正事。诸君试观革命中英雄，有堂堂正正，心存民国，坐镇武汉，坚如山岳，如黄陂黎公者耶？冷红生与公初无一面，亦不必揄扬其人，为结好之地。但见名为时杰者，多不如此，且以私意征及外兵，戕其同胞，尚靦然以国民自命，其去黎公宁止霄壤！

以上条例，固临时草创，不必周备，然已足见公之用心矣。

第六章　述憾

中秋月圆时，仲英尚在沪上。继闻武昌之变，即匆匆假装赴镇江。伯凯方出未归。以林述卿甫至镇，镇兵人人咸欲踵武昌之辙。林以时会未至，不之许，呼伯凯商酌军事，至晚始归。

伯凯一见仲英，喜溢眉宇，握手不能言说，久乃曰："老父如何？得家书，言至康健。然翁忠于清室，恒不直阿兄所为，胡以今日容吾弟至此？"仲英曰："翁实哀悼德宗皇帝。方帝宾天时，痛哭弥月。闻侍医言，每进一药，而阉人崔瑰恒用东朝之命沮梗。御药房所储者，多虫蛀，不堪进御。侍医偶言请诸东朝御药房，而崔即厉色拒绝。大渐之前二日，侍医入觐，东朝御养心殿，中坐，李太监用长杆烟筒跪而进烟。帝气息仅属，坐于殿右。御案用蓝布为幕。侍医请脉。帝问：'何如？'侍臣曰：'上脉息较前为缩。'而内务府尚书魁崇，老而聩，亦随侍臣之后问脉状。帝怒，厉声曰：'缩。'东朝努目顾帝曰：'汝乃不知魁为聋子乎？'侍医震慑，移跽东朝案下，陈奏皇帝脉息已呈虚象。东朝抗声言曰：'汝不闻虚不受补邪？'崔瑰及李太监侍侧，齐声大呼曰：'汝滚下列方！'方进时，崔瑰传东朝旨曰：'凡药不经皇帝御过者勿进。'明日，帝已弥留。侍医入瀛台，进涵元殿。帝居左厢，案上但一墨盒，有片纸书曰：'今日不能。'地上陈一白垆，御榻上盛陈旧之毡毡，枕畔有《贞观政要》一卷及《铁道章程》。帝喘息言曰：'汝质言，吾脉息果如何？'侍医奏曰：'仍缩如前日。'帝曰：'能万分得生否？'侍医曰：'上天佑我皇家，圣寿必无疆。'帝叹曰：'汝今尚为此言乎？我知之矣。汝退而处方。'时有太监入奏，言佛爷不豫。帝尚欲强起问安。顾瀛台去仪鸾殿，须遵石路，穿榆柳而行，为路可里许。帝疲不能起，明日崩于瀛台。近习摘缨入侍东朝。东朝怒曰：'汝辈乃敢持服，用不祥以魇我耶！'趣令吉服。又明日，东朝亦晏驾。遂立少帝。阿兄外出数年，或未之了了也。"

伯凯叹曰："果戊戌变政得行，亦不至有今日武昌之事。盖柄政者弥不如前矣。"仲英曰："时相童公，方大起邸第于银雁胡同，辇太湖之石无算，自巷东达于西口，粉墙均加垩治。闻外间言，饱受洋人金钱也。而纯郡王则抽调崇陵之匠，大兴土木于灵清宫之侧，高楼上耸云表，仙乐风飘，处处皆闻。而矫为清白者为膏公，亦以陵工起第。陶王则时时饷纯王以音乐。全旗之人，皆倾心于贾郎。议政王起邸，其初估值二十八万，后乃一百五十万成之。匡王邸中，但以鹦鹉论，已达二百架以外。王子奉使，为英人侮辱，不听专车，且列班于埃及、土耳其之下，觍不以为辱。父子争进苞苴，国之欲存宁可得邪？"

伯凯曰："人心丧失至此！试问国亡，财将焉植？林述卿蒿目时事，将起而应黎公，殊闽产中之表表者。"

言次，忽闻门外大呼曰："若兄弟谈心至乐，乃弃掷朋友于不顾，此为何理？趣辨黑白！"仲英愕然。伯凯笑曰："此述公也。"

第七章　访美

言次，林公已闯然入门。丰颐广颖，须角上翘，作武士装，人极勇健。顾仲英曰："吾不待通名，此决为王仲英。以面庞与伯凯乃无毫发之异。顾行客必诣坐客，今我转来求面仲英，得毋微悖于礼？"仲英曰："行李匆促，家兄又造述公帐中议军事。军事秘密，故未敢孟浪参与。且又未得家兄介绍，故趑趄未进，宁敢轻公？"述卿笑曰："前言戏耳。吾在此盼仲英之来，有同望岁。仲英来自沪上，闻沪上人士将作何举动？"

仲英曰："彼间本为革命党人根据之地，闻先着手，必取军械局。"述卿曰:"得之矣。得此足以资助鄂军。此间统制亦解事,然未敢轻举。明日为二十二日,闻统制公将亲莅镇江,集各军大伸诰诫。然人心之涣久矣,讵区区言论所能挽救?"仲英曰:"吾意将同伯兄一聆俞公大论。"述卿坚订明日小饮于其帐中,匆匆遂别。

是夜,仲英与伯凯深谈至漏四下始睡。

明日,俞公至镇,大集将校,演说革命之无济,徒长乱萌,而身家且与之同烬。并令目兵削牍以记,且殷殷与偏裨道寒温。

日暮,造述卿饮。酒半,述卿屏人言曰:"武昌事起,而此间人讳言革命,乃愈幽闼。顾大势已成,犹浙潮之入港,虽罗刹之矶,西兴之树,一时咸使淹没,谓钱王三千水犀之弩,其能当耶?此间逻侦四布,军人一举一动,匪不留意,偶有不慎,祸发且不旋踵。吾恐所部畏死而惰,隐中联络诸将,又多购报章,俾所部读之,知天下大势。此吾隐中维持之法。维此间一月不发,则江南一隅不易着手。吴师严密而守旧,余人咸右清廷。然吾观镇军必可效一日之力。特金陵军队如何,则不之知。仲英亦曾识林竹桥乎?"仲英曰:"得非能书善诗之儒将林君治融耶?"述卿曰:"然。吾昨日曾以书问之,至今未得报章也。"明日,竹桥书至,言相见于沪上,述卿曰:"伯凯在镇,决不能行。仲英曷与我赴沪一晤竹桥?"

登车时,适相遇。述卿遂问金陵消息。竹桥曰:"武昌四战之地,非得金陵,则武昌决无后援。今吴帅严防所部,动息必加侦察。于是部曲均解体,有潜赴武汉者。惟卒伍中闻黎公举事,亦觉主者绳检过苛,挑之即可动。然须得一良指挥,则大事立成。惟十七协统领孙萌，晓畅军事。苟以善说者导以利害，得此人主军，则金陵唾手得矣。"仲英大韪其说，遂同寓泰安栈。

仲英心念寅谷、伯元，复至泥城桥。乃见寅谷，不见伯元，遂畅谈镇宁军中事。寅谷忽曰："汝见胡秋光否？"仲英曰："秋光近状何似？"寅谷曰："此间有人倡女子北伐队，请秋光署名。秋光但力任红十字，一力调护军士被创者。仲英赴镇后，吾凡三见之。然每见必问仲英，其视若有同戚畹。秋光住三洋径桥小巷中，与其叔母同居。仲英盍往面之？吾有事且出。"仲英遂起别，以车向三洋径桥，果得秋光住处。

入门，小竹五六竿。案上胆瓶供白菊十余朵。门开铃动，秋光款款下楼。一见仲英，即握手问："别后何久无书？"仲英曰："匆匆数日耳，何言久耶？"秋光微笑。肃客左厢，壁上悬董香光书王建《宫词》八小幅。东壁则文衡山作《枫林秋霭》横幅。西壁则秋光自书斋额，曰："迟青馆"，娟秀似赵松雪。

秋光令小鬟进茗，即询镇江军队事。仲英曰："林公老谋壮事，必遂所图。特吴帅为清室贵臣，仓卒不易着手。今能得其部曲中重要人物，铦以美利，无难立时反正。惟此间有倡女子北伐之事，究竟如何？"秋光笑曰："女子之纤弱不胜兵，仲英宁不知者？彼辈平日蛰伏闺中，读七言小说，非言女将平戎，即言得九天玄女秘授，此种谬说，已深陷脑海之中。近稍亲学，又煽于平权之说，思以绵薄之力，追逐中原。男子持正者寡，不能不依阿，贡其谄词。女子焉有远识，遂自以为是。而浮薄通文者，又争为捉刀作论说，侈张于报纸。张之不已，又时时开会演说。前此界域殊严，不许男客羼入，今则溷淆无别。纵演说不得要领，而男客亦为鼓掌以张大之。近者，中年老女、稚齿孀雌，慕此风尚，亦持不根之论，出而炫人。胡秋光一生微微解事，万不欲自欺以欺人。仲英颇以秋光为狂谬否？"仲英悚然，不能即答。久乃曰："王雄有万死之言，本不宜发诸唇吻。今蒙女士见重，敢请家世。"

秋光不期泪盈于睫，语不成声，曰："先大父为金匮人，薄宦没于江右。先君飘泊南康，外家出资为捐得佐贰。莅任数年，宦囊余七千金，以剧疾没于建昌。儿金匮无家，而先慈复见背，遂冒为建昌人。韶龄得稍稍读书者，均先君自行指授。今孑然依叔母以居。叔母无儿，终日长斋诵佛。此间女友固不乏，然皆袭为谬说，以诋呵政府为直，以剽袭法政为能，隳礼义之防，成淄蠹之行。吾虽虚与委蛇，心殊薄之。仲英洞明世局，其对卢眉峰语，盖尊礼女界，非薄视我辈，吾心殊切敬礼。今兹虽有经武北伐之议，吾专以红十字为宗旨。无论何时宣战，吾必赴战地，尽吾天职。"

仲英曰："今日女界所谓大放光明者，殆同炀灶。若秋光女士者，方为如来指上之毫光，能使阿难立生神悟。仲英生平知己，舍女士无第二人也。"秋光二颊皆赪，久久无语。

第八章　规战

仲英留上海一日。归时，述卿已联络巡防队及各炮台管带定策，以巡防队保卫租界及铁路车站。惟新军无机关炮，乃规划出密赏，能得机关炮一尊，予一千元。然镇江形胜已为旗兵立壁。述卿遂约仲英，伪为游人揽胜者，凭高窥其疏密所在，以便进攻。

迤逦行近旗营，迷不得路。仲英进问司壁者，以向南门当何趣。兵告以须遵故道归，前趣不可得路。仲英伪弗解，遂左转。仰见高阜有一小庙，遂同述卿践危石而上。俯瞰旗营，历历皆见。既归，述卿发令，遣臧、易二校，至京岘山相度原隰，且侦察象山、焦山二炮台射击力之远近。计镇江西北门濒租界，进兵时当直取东南。营度经日，伯凯、仲英咸与其议。

明日，林竹桥遣其弟治渊赍书至。言："事急矣，北军已由秦皇岛以巨舰载入长江，抵鄂。我军若得镇江，即可用炮台扼宁狙击，不听前。"仲英曰："此策固善，然士心虽附，而金陵未下，若悉建业之众来袭吾后，即得镇江炮台，前后受敌，势亦立蹶。"

初八日，陈生履云至自江宁，言兵心已涣，而主者尚极力镇摄，不令蠢动。明日，三十五标第二营左队排长黄国辅家，忽为旗兵检得炸弹，全军大哗，且立发。于是章、明、端木三管带，议将各营分驻。

仲英曰："新军五营，若去其三，兵力锐减，必难集事。公当极力止之，不听行。"述卿如言。然端木一军，已下船。

章、明二校，闻言遽止。而谣诼遂四起矣。述卿镇定，微示将校以意，谓："举大事非持重不为功，且持重非犹豫之比。司马法曰：'太轻则锐，锐则易乱；太重则钝，钝则不济。'吾今日亦求济而已。旗人无故决不开衅。诸君且静候予之号令。"

仲英曰："镇江举事，不惟宜规金陵，即苏州亦切近之灾，不可不先联络。"述卿曰："余已预筹及此。统领艾君琦者，予执友也，明日当往说之。"

迨述卿归，而孙萌适分遣三十五标及三十六标新军，分屯丹阳、高资、新丰诸处。述卿大震。已而章君至，述卿曰："孰为君划此策者？今兹败矣！"章曰："兵心已动，不分驻，则将不受令而暴发。果公有命，吾及端木与明君，决尽死，无有退衄。"仲英适在侧，言曰："三君既属同志，则咄嗟间仍可呼应也。"时金陵帅府下令，各标营俱开驻秣陵关，然皆不予子弹，复以机关枪十三尊授铁量，又以野炮十八尊授北军。

于是举军大愤，隐将枪炮撞针磨熔，俾不良于用。仲英曰："金陵军心如此，苟以人说之，可以得志。"述卿曰："然。"

遂令严海至秣陵，令举军要求子弹。时三十五标已受令移屯。

述卿与刘君成二军，亦分驻。刘驻竹林，述卿壁蒋王庙。

第九章　复沪

自武昌一倡，扼长江之上流，北向可由豫以规燕。

而下游诸行省，清廷威力已不能及，上海一隅，尤为民军发源之地。英伟少年及敢死之士，云屯雾集，北向忾视，跃跃求逞。

女界尤倡言革命，终日议论腾沸。外人以清廷不振，任用亲藩，知国势倾颓，已不可救，乃严守中立，甚有隐相党人者。而天津之法界，尤为死士之渊薮。

九月十三日日中，民军猝起，据上海闸北巡警局。巡士联翩归附，争向巡长索取子弹。租界以外枪声如沸。逾时，民军进据巡警总局，立白麾，大书"光复"二字，扬于空际。能言者争出演说。巡士右膊环以白布。商团防营，从风而靡。居民大震，白昼闭户。民军逐户劝谕，俾勿震慑。

申正，民军以敢死队五百人，长驱入城。城中守备单弱，城楼立为民军所据。沪道刘燕贻，已携关防预遁，嘱其僚吏幕客，潜避洋务局。民军入署，不戮一人，掷炸药于川堂之上，大声沸烈，火光熊熊烛天矣。继至府署，郡朝已空。民军亦纵火焚其大堂。继至参将衙署，杨某出揖民军，请自避让，愿勿举火，灾及平民。众为感动，遂不纵火。上海县闻民军至，亦从容出迓，言："群君举义，鄙愿所甘。惟狱中囚皆万恶不可赦。义师弗察，一遒其死，则恶且愈，稔足为义师之累。"众可其请。乃不释囚，仍以兵环守之。

城中略定，遂议取军械局。而局工正值罢役，民军寥寥数十，衣白衣，袖间界以红线，力掷炸弹，崩声隆然。守者争出纵枪。民军死伤者共十六人，然尚力战。忽谍言龙华有大队来援，遂撤队归。明日迟明，民军复进扑，再接再厉。官军尚力战，顾道梗援绝，军无后继。孔道之上，民军均以巨炮扼守。

官军大乱散走。民军遂入领全局，将局中所积枪械，立时俵散。

上海既归民军，吴淞亦同时响应。十四日，通悬白麾。驻镇吴淞之粤军，望风投械。复立军政分府，以所部辖于武昌，承为中央军政府，知黎公英武，足以集事也。

于时士大夫拥巨资者，争避地上海，伏匿寓楼，不敢举踵外出。好事者倡言："此辈平日婪索，饱其贪囊，今事败潜踪至此。吾辈出百死成光复之功，转为贪酷者捍御其黄白物。"

因之逻侦四出，日窃窃然以马车托名流柬请，驰至租界以外，即而缚之，榜掠千数，气息仅续，必得资而后已。造谣者又纷传某某为政府间谍，将不利于民军，宜尽其家。遣人中夜投书其门，谓尔不日难作。而奴辈亦因此胁劫其主人，探微揣端，动息皆为主人之罪，公然坐索夜度之资于主人，否则启户纳刺客矣。又互相贼害，乘间造访，手枪猝发，防不胜防。

名为光复，人咸重足一迹，无敢微词及于党事。

女界纷议北伐，卢眉峰、顾月城为之倡。佥言秋女士无罪见戮，大开追悼之会，贻书东南诸省。健有力之女子，乃离叛其父母，断发急装，急趋沪上，入北伐队。又苦无资，则分布酒楼之中，挟册求助。佻傝子弟，因之恣与调诙。一反唇间，即指为干犯。罚重金而求免者，日有所闻。李一雄、黄克家、贝醒澄三女士尤傲放无礼。

众以胡秋光博学有识量，争推引之。秋光私叹，以为非佳兆也。见众唯唯，无敢轻出一语。凡会场议北伐者，握拳抵几，丑语间出，秋光但点首而已。众亦渐渐轻之，以为不足计事。

秋光归寓默然，遂作书寓仲英曰：

> 仲英先生足下：别后，知君与述公方规划镇江。
>
> 述公持重，非万全不发。然镇江不得，无以进规金陵。
>
> 金陵惟天保城最扼要。徒取雨花台，尚不为功。吴帅儒者，不解兵事。且军队半已解体，所恃者但有北军。
>
> 今武昌已扼长江上流，而沪上又为民军所有。海军中人人亦有光复之志，以说客动之，当立下。北军但有直趋浦口，向徐州而退。此着在我意中，想述公必有部署。此间虽名光复，而女界中尤呶扰不堪。战事属之男子，乃必进身参与，贪天之功以为己力。试问数处光

复，何者为女军冲锋陷阵之劳，乃必张大其词，侈言国事耶？近者，此军需之故，虽名门闺秀，亦撰册四出，向酒楼中求酒客助饷，恶谑间作，恬不知愧。

不惟不敢属目，闻之已为赧颜。而为之魁率者，尤好名不审大体。前古叔季浇讹，女变多在宫掖。今兹群阴大煽，乃为意料之所莫及。秋光身亦女子，何尝无志澄清？惟综观大局，似有能了之人。我曹只能如欧西基督教中之人，实力为痍伤之英雄看护，职业似尽，何必雌声而雄鸣，令人增笑。此间清寂，寡可语者，仲英若能抽身一至沪上，相见尚有所言。秋光拜启。

书去之明日，苏州光复矣。

第十章　收吴

苏抚陈德荃者，颇以宦迹著于陪京。庚子之年，至以身当巨炮之口，强敌为之夺气。近建节姑苏，人民亦颇心服。

时清廷下罪己之诏。其辞曰：

朕缵承大统，于今三载，兢兢业业，与众庶同登上理。而用人无方，施治寡术，政地多用亲贵，则显戾宪章；路事蒙于金壬，则动违舆论。促行新治，而官绅或藉为网利之图；更改旧制，而权豪或资为自保之计。民财之取已多，而未办一利民之事；司法之诏屡下，而实无一守法之人。驯致怨积于下，而朕不知；祸迫于前，而朕无觉。川乱首发，鄂乱继之。今则陕、湘之警报辄闻，广、赣之发端又见。区夏腾沸，人心动摇。九庙神灵，不安歆飨。无限蒸庶，涂炭可虞。

此皆朕一人之咎也。兹特布告天下，誓与我军民维新更始，实行宪政……

时全苏绅民，读诏大悦。已闻北军轰击汉口，颇有无辜罹于煨烬者。报纸一倡，万口哗噪。于是苏属绅士，聚而协议。且闻东南各行省俱已宣告独立，而沪上亦属民军，遂议推举代表，往谒当事。

时为九月十四夜，沪上已一律通悬白麾。沪、苏邻毗，防为官军胁迫。民军健者五十余人，由沪赴苏，潜赴枫桥新军标营演说。新军同声哗诺，集合全军，求子弹于主者。队官莫禁，遂按名分给。十五日迟明，马队、步队、工程、辎重诸队，长驱入城。人人以白布裹袖，严扼闾门。诸门则遣兵分驻。于是队长联合诸绅入面陈公，请长此军。陈公慨然领诺，惟勿苦百姓。万众呼万岁。群上大都督印，建高牙于辕门之外，大书：

"中华民国军政府江苏都督府兴汉安民。"城堞之上，皆白麾招登矣。

陈公既受事，遂立四部。以张伯直主民政，应德洪主财政，吴朝芬主交涉，以谈严为司法。大张告谕，大要谓：

意见二字，最为可惧。其潮流所及，实足以亡国灭种而有余。大凡意见之起，综由权利之一念。目今志士组织敢死决死团，为光复共和计，虽牺牲性命，尚所不顾。我同志同事，但期可以达其光复共和之目的，则牺牲其权利，更何足惜。盖个人有意见，则不能成团体；各团体有意见，则不能成一邦；各邦有意

见,则不能成一国。相争相轧,党派纷歧,人民或因此而受剥肤之痛,尚何共和幸福之足云哉。(下略)

冷红生曰:呜呼!陈公之见,何其远也。当苏州独立之始,南北之见初未融洽。及东南各省分立都督,藩镇之局已成。陈公老谋壮事,已确知有后来之局,故预宣此言。今日一一验矣。

顾兹书篇幅狭,不能着以长篇议论,转使喧宾夺主,故不能不归叙正文。

十六日,军政府得金陵谍者,言吴中已遣骑二千来袭。陈公闻报,立时下令分兵两支,水陆俱进,直趋镇江。于是阖城惊扰,绅富之家,仓卒出城,城市一律闭肆,似有重兵压境者。

陈公遣数十吏分喻诸门,秩序渐复。

时苏、松、常、镇、太五大属人士进谒,称述奠定之功。

于是陈公遂有入主金陵之望矣。且临时政府方议筹设,陈公遂奔走于宁、苏、沪之间。镇抚无人,军警各挟其自由平等之气概,抗不相下。莠民乏食,渐渐出掠旁县。而新军排长多少轻狡好事,遮路人强下其辫,用为喧笑。剪辫者大哄,广集多人,痛殴排长。岗警吹笛集众,将排长拥护入诸捕房,遂归留园红十字会医治。举军大哗,破晓长驱而出。沿道木罂,一一仆之于地。径趋一区警局,彼此开枪恶战。旋军政厅卢君以兵镇摄,军警略定。自是之后,彼此寻仇无虚日。苏垣虽名光复,而萧墙之祸岌岌然,人皆重足一迹。而陈公亦老病龙钟,遂荐在公自代。此为金陵光复以后事也。

自十三、十四两日,沪、苏反正,迅若迎刃而解。于是沪上王蔼鲁至镇江,语林述卿以状。仲英进曰:"苏沪已定,则镇江兵心愈难遏。镇为金陵门户,武昌已据建瓴之势,吾镇不先着手，吴帅以人代将军者，则所谋均废矣。"述卿曰："善。"遂集巡防营管带张震、刘晋芳、龚育相等，分授机宜，并隐饬各炮台炮目，同集蒋王庙，力轰旗营，举烽于蒋庙高峰之巅，众军视庙前烽起进扑。同时命三骑士传语三十五标诸校，令作战备。

匆匆间，陶平南书至，言将与述卿相见于大观楼。陶盖革命巨子也。述卿至，陶言上海已光复，苏州亦下，且得军械局军火多。而金陵方盼子弹，宜以人往，得二百人足矣。述卿遂微以军中部署告平南。平南授以四百金，言留此以资运费。述卿遂归蒋王庙。而白额虎至，抵掌话至迟明。

第十一章　完镇

仲英连日佐述卿笔札，兼筹规取镇江之策。得秋光书，几不能复。述卿既往大观楼，乃伏案作书报秋光曰：

秋光女士惠鉴：得书读至数十遍，已缝锦囊佩之胸际矣。天下见地之高，持论之正，料事之精，宁有如我秋光者邪？镇江都统，昏愦不习战。旗丁貌为训练，暇则笼百舌、饮醇酒，用自娱适，人无战心。林述卿谋自蒋王庙，以巨炮下瞰满营，一轰当立溃。惟新军三营，已分驻丹阳、高资、新丰诸处。精锐可用者，特蒋王庙一军。顾东南大势，民军已得其要领。

兵民咸恶亲贵之贪沓误国。吾思不举则已，举则必济。

计此间动兵，为事不过三日。女士所办红十字会如何？

　　被创壮士，果得姑射仙人为称药量水，即被巨创，定无不愈矣。惟此事非合群不为功。筹费固赖之公家，然择地必须严洁。病人便旋之事，固需男工。但以床席裀褥种种言之，费已不赀。沪上女界诸名流，有无柄握，务乞详示。老叔母长斋绣佛，足不下楼，未知迟青轩中迩来增几许佳什。雄于前数年东涂西抹，间为诗词。从军以来，一切都废。顾为女士之故，转生我拈弄翰墨之心。林述卿亦间为小诗，琅琅可诵，在今可云儒将。异日女士能至镇江，可以与述卿相见。

　　其夫人已居沪上，颇镇定，不畏死，亦女中之杰出者也。秋气已深，诸惟卫摄。不备。

　　书讫，述卿归，饬各队官每队出兵二十名，赴上海领子弹。并同时下令，以王子澄领蒋王庙军，以许仍士领刘营军，翌日出发。是夜军中人人受令，备战事矣。

　　十六日，孙萌至军，飞柬招述卿赴饮。席间语至慷爽，言镇江可图。述卿曰："统领知旗营兵额实数乎？统领知各炮台客兵实数乎？"孙萌曰："否。"述卿曰："然则讵易言攻取之策。且前日统领分遣诸军散处丹阳、新丰、高资之间，信息睽隔，呫嗫号召为难。"孙曰："此非某意也。"述卿曰："军中意颇异同，谓公尸之。"孙哗辩不承。述卿遂以质言动孙："请将散驻新丰、丹阳军队集京岘山攻城；留明字一军防高资。"孙大韪其议。时谈维城适在座，微语孙萌曰："林君部署井井，有大将干略，不如以此军属之。"孙诺，登时请述卿长此军。时军中闻孙萌来，颇不怿。追闻以大权属述卿,始悦。十七日,发令移营,趣京岘山。

十六夜,仲英属稿发文告。伯凯则宣告诸军。倥偬至迟明,人人各以白布缠臂,众拥林述卿出广场中。诸军环列,举枪为礼后,静默一无声响。述卿乃亢声为众演说。

演说后,诸军呼万岁。遂改镇军三十五、三十六两标为镇军第一协。以端木元森统第一标,以明榆林统第二标,全祖兴为总执法。遂颁军令曰:

> 象山、焦山两炮台,向城轰击。炮声动,城中自有内应。刘协统率第一标一、二两营,趣东门猛攻。
>
> 入城后在道署集合。端木统带率第二标一、二两营趣南门。入时扑旗营,至都统署集合。第一标第三营屯京岘山,为总预备队。攻城时,专听京岘山举烽,拔队进扑。领军则居总预备队,以便策应。

是夜传檄四出,均仲英属稿。十八日黎明,军中一一受令,将于夜中举事。述卿遂以书寓程都统曰:

> 今天下共和,镇江不能独为贵都统所有。幕府已集兵城下,深恐不先奉白,猝尔乘城,不惟于大义有乖,且恐有无辜见累。贵都统当相时度势,自明去就。如愿释甲,当于得吾书后,将旗营兵械马匹,全数录交辕门,当以客礼相见。竭诚奉白,幸乞三思。

程得书大震,集其所部筹议。顾闻防营及各炮台已悉入民军，且卫兵及巡防队亦已外向，知不能战。且前一夕绅商集合公署，乞解兵柄，听民军入城。而旗营又多半逃溃，人不任战。

程太息，报书请降。程自念身为清室重臣。力屈势穷，义宜自裁，遂缢而死。而城外诸军未之知也。

时诸军俱集京岘山前，待蒋王庙举烽。各营分配地点已，肃穆静待严敌。下视各村，田牧如恒，初无惊扰之容。述卿谓仲英曰："此文明之师也。顾伯凯安在？"仲英曰："已随刘协统趣东门。"述卿曰："贤兄殊有胆智，而仲英文采，殊过其兄。"语已大笑。时各炮台咸以人至司令处，问开炮当以何时。述卿言："程都统已投戈降，镇江不血刃矣。"

午正，整兵入城，全城安堵。绅商集面元戎，遂尊林述卿为镇江都督。

第十二章　女箴

镇江既定，文告绝繁。述卿日出面宾客，夜治军书，眠食都废。仲英左右之，不遗余力。忽得陶君朴清沪上来书。述卿遂遣仲英至沪，与陶相见。陶述江宁消息非佳，言将舍沪而趋镇，助述卿理军中事。

时仲英居春元栈，午前出饭，座客所谈，多金陵战事，言人人殊。仲英独酌，猝有人以手拊其背。骇顾，则一青年女学生也。其后尚有一人，年三十许，状如女教习，执册求助饷。

上有署名，捐小洋一角者，意殊轻蔑。女学生自言徐姓，然狷佻不类闺秀。隔座有一少年，夺去其册，细审作游语。女学生亦就与调诿，久久始书捐助一元。客又出纸烟分授二女，二女亦各出纸烟报之，笑谑间作。已而复至仲英席间。仲英展册，则女子劝捐会启也。中有"吾神州女同胞，素以慷慨侠烈闻天下，宁乏急公好义之人，特欲自效而无路耳。并尊程夫人为会长"。词语堂皇，而求助者则出之以婉媚。仲英默叹，遂捐十元。女学生称谢无已。

仲英饭已，匆匆下楼。沿道见有女子断发者，仲英骇然。

问诸道中人，则女子北伐队也。急装短后，与男子联臂过市，此为沪上前此所未有者。盖礼防既溃，人人无复以廉耻为恒矣。

仲英俯首太息，命车至秋光家。

适有绣幰停于门外。刺入，见座中有少年贵妇人，见仲英迎笑，称曰："仲英先生，适同林都督成大功于镇江，吾女界中震英雄之名久矣。今日面君，如面都督。"仲英曰："下走万死，敢冒昧问女士贵阀及族望。"秋光代为介绍曰："此江南负盛名之贝清澄女士也。"仲英鞠躬曰："大名久被寰中，今日何幸，得挹清芬。"清澄曰："今当整兵北向，犁庭扫闾。吾女界中已联合多人，兴经武之军，努力北伐。异日燕京相见，把酒为欢。吾辈脱去数千幽囚，复得参与政事，宁非女界中放大光明！想仲英先生为吾辈思之，亦当曲踊三百也。"语次，频频顾视仲英。以仲英伟硕而白皙，清澄顾之悦甚。仲英方欲有言，而秋光已以目止之。仲英乃唯唯不敢作答。清澄微觉，含笑无语，遂起立曰："今日会中尚有评议。"因出表视之，曰："尚有三十分钟届期矣。"遂与仲英坚订后会，匆匆登车而去。

仲英谓秋光曰："适来贝女士大言炎炎，闻之胁息。"秋光笑曰："君以为何如者？此君习得报章中无数套语，不言北伐，即曰参政。贻书远道，为辽阔难企之词，以耸女界。使闽粤诸省无识之女子，冒昧决其亲故，断发易装，附海舶而来，中道遇飓，呕吐淋漓。昨日至者数十人，病态支离，弱不能举，经人招待于某逆旅小楼中，狂呻终日，有泣下者。此等弱质，谓能犯隆寒以向北庭，在风雪弥天中执枪与燕赵少年角胜乎？嗟夫！仲英，吾亦女子，恨无仪、秦之舌，以消释其谬想。"仲英曰："适贝女士所言，亦颇慷慨。"秋光曰："谬为慷慨，人孰不能？女子固有职分，譬如佐夫子治官书，为女学堂司教育，以爱国大义自教其子。即不然，学基督教之仁心，为创人看护。至于梁红玉之事，仅得诸传闻，亦特言击鼓助战而已，非身临前敌，与金人接仗也。刘子曰：'云雾虽密，蚁蚓不能升者，无其质也。'吾亦曰，政务虽替，军政虽靡，女子不能与者，非其分也。盖媢嫉之心一生，则眼前大势如障十重云雾。名为才士，一拘党见，则媢嫉之心立肇。无论事之是非，势之成败，惟拥护其党为上着。仲英试拭目观之，后来国会一开，政党之争必烈。共和大局，将立败党人之手。矧女子妒心，十倍于男子，一经执着，百折不回。试问大政一落其手，流失败坏，尚何可问？"仲英叹曰："静听君言，不能不节节中要。惟如此持论，将何以处同党之人？吾甚为女士危之。"秋光曰："仲英危我，我亦自危。幸在会中适自承看护职役。凡彼喧天议论，炙手威棱，吾咸不建一谋，不树一义。彼蠢蠢者，方以我为愚呆也。为时非夙……仲英，得毋饥乎？"仲英曰："适饮白小楼。"遂述其所见之状。秋光色赪，盖为女界抱愧。久乃言曰："尚有过于此者，幸仲英勿以菲薄之目光，瞩及混浊之地。"语次，忽曰："镇江收复，不戮一人。闻述公部署井井，令人心服。髯参短簿，仲英必居其一。计日当规金陵矣。近者金陵消息如何？"仲英曰："非佳。今晚当趁车回镇。顾心中……"

秋光停目不瞬，彼此相视可数分钟。仲英兴辞。秋光微喟，送至门次。至仲英之车辘辘出巷，始翩然入。

第十三章　闻败

二十日，仲英同朴清至镇江。述卿接见，忧形于色。仲英问状。述卿叹曰："败矣。余方迁居此署（道署也），时见第九镇工程队官戴成文，彷徨门外，时来客如麻，余酬对不暇。已而侍者言，有戴君者，请独对。戴入，仓卒言十七日金陵已动兵矣。余闻言，顿足曰：'子弹毫无，焉能作战？'戴曰：'金陵城中，有苏彬者，约为内应，机事弗密。而城外之混成协司令官，尤躁急不谙兵略，悍然冒进，过纬河，出花神庙北端之雨花台。江防守兵遂开炮向我军弹射。步队两标，则抵姑娘桥、曹家桥南端，闻骑兵陷险，纪律遂乱。收队后，司令官命三十四标乘夜占雨花台，三十三标则趣雨花台西侧。战时，三十四标一小队突入敌阵，而敌军用机关枪，弹下如雨，虽将雨花自三面兜围。讫无成功，我军弹尽，遂退守曹家桥，凭高设险。而城军忽突出，袭我司令部及卫生队，将负伤兵及病军，尽行屠杀。并折赤十字旗。主者已退至高资、龙潭一带矣。'余方焦悚间，而孙萌已至乞援。余曰：'镇江甫反正，在在需兵。且五营中子弹仅六万颗，纵使悉师而行，亦不能下此坚城。且此间百凡草创，都督遽行，不惟摇动人心，而匪徒亦将窃发。孙君无言，力求出兵。余不得已，已发遣防御高资之第一标第一营管带王浩然，以所部往援矣。'"

仲英曰："子弹未齐，奈何轻举？管子曰'存乎制器，而器无敌'。又孙子曰：'攻而必取'，攻其所不守也。今器已败窳而不全，而复进攻其严扼之地，吾器窳而敌备周，如何可胜？第一标之师，虽往无济也。"述卿亦焦烦不已。

时白额虎至军，述卿令往说驻守南京海军诸舰队。午后，金陵溃兵纷纷至镇。述卿遣人招待。而陶朴清有干才，述卿遂属之以民政，以陈伯萌、孙肩虹两人为参议。然雨花台既败，警报日数至。并言北军且至，人人重足而立。白额虎适归自江上，述卿遂署为统制，敌氛既迫，上海、苏、杭援兵均未到。

述卿飞电四出，上下皇皇。

迨晚，仲英方伏案治军书，而门外炸弹陡发，府中大震。

卫士出枪戒备，骑士十余，咸拔剑趋述卿门外环立拥卫。郑维城去外衣，持手枪出视。已而舍人入言，旗人二十余以炸弹袭击。仲英投笔曰："乱党不可留，一一取而歼之。否则，立驱出城。"述卿曰："王仲英君乃不闻前清入关时，驱逐病痘之百姓乎？当时百姓病痘者，摄政王多尔衮令驱之四十里之外，尽室皆行。兵遂入取其家具，俾之一空。而痘童道死无算，家人流离之状，不堪属目。今日旗人以报仇之故，掷弹府门，其罪可诛，其心可谅。且吾尤不能效多尔衮所为，夜中无分良莠，尽驱出城。彼果缴出凶器，以兵监之，盖可恕也。"仲英太息，称仁不已。

是夜漏尽四刻，郑元至军政府，趣述卿起，言军舰十五艘已归民军。述卿即令郑元为之抚慰。先是述卿与仲英议，以白额虎之为人，勇而多诈，令之游说海军。白乃令卢鉴挟炸弹队数十人，至下关，登舟胁劫。于是楚豫等十五艘，均就抚。时有人称某公知兵者，述卿笑曰："见危则趑趄，据势则骄狎，见利若酣蝇之醉腥，毒蛇之奔穴。此人在军，吾祸不远矣。"

而白额虎者，虽助民军，然反侧阴贼。已而述卿之功，果为二憾所掩。仲英至事后，恒引以为恨也。

是时述卿大置酒，宴各舰长于军政府。述卿病嗽而喑，然尚能演说。宾主欢洽，遂通电各处云：

> 军舰中如镜清、保民、联鲸、楚观诸艇，虎威、江平、江元、江亨、建威、通济、楚同、楚太、飞鹰、楚谦各舰，于二十二日由敝军联络，一律归顺。本月在军政府开陆海军舰联络大会，立誓合攻金陵。并于军政府增设海军处，各舰艇公举司令长，组织完备，一致进行。谨闻。

电去后，述卿遂谒司令于洋务局相见欢悦无间。坐次，浙江支队长朱君以浙师来会。述卿进曰："北军之觊高资，非一日矣。顾捍御强敌，非炮队不为功。今浙军既有炮队，一至高资，则彼间军心当立定。"朱君谢以疲纡，当休息。述卿曰："吾已得谍，城军必不犯高资。浙军至，匪惟军心安，而威力亦伟。此去高资，特小时之功。今队长留此不进，脱高资之军前慑城军，营无炮队，震恐致溃，大势且岌岌。"朱君悟，下令拔营。

时饷糈奇绌，通电各处，咸有报章。所筹但逾万数。主兵者力主进攻，述卿苦谏不听。

第十四章　图宁

时进趣金陵之军，俞司令及朱队长皆主立发。述卿持重，彼此议弗决。仲英忧形于色。正无聊间，侍以京函入，则家书也。

仲英自镇江光复后，凡三上书，均不得老人手迹。此函较平为厚，知有长书，即展读曰：

谕隽、雄两儿：自隽招雄南下，余已不复置念。

何者？尔兄弟自信为革命巨子，老子则固清室官裔也。

自北军入关，顺康初政，固不见直于汉族。然多尔衮、鳌拜，相继秉政，二帝幼冲，动为所劫，以后亦渐习汉俗，尚无邪辟骞污之行为，而德宗尤孳孳于立宪，汝兄弟当已前闻。不图武昌夜呼，而海内立时崩析；镇江之役，至兵不血刃，而阖城外向，事乃大奇！今乃知种族之辨，虽九世之仇犹复也。老人别有怀抱，与汝辈不同。汝兄弟好自为之。刘向心为汉室，其子与之异趣。要之，近年以来，三纲之说已废，老人胡敢以庭训相加，致乖骨肉之爱？

林公述卿，本有志之士，不日间将进趣金陵。然既称同胞，自不以多杀为威。孔子言与不言胞，胞字见诸《西铭》，则张子之言也。新人称谓，实本旧人。

愿林公回环此同胞二字之义，则后此功名，当未可量。

武昌一变，东南瓦解。九月初八日，使馆缭垣已洞旧塞之窍，孔孔皆炮眼也。此孽种自团匪，虽寸商端、刚之肉，宁洗此辱！重阳日，闻太原兵变，滦州、德州，以次沦陷。陶王尚有心，知大势已涣，九庙且不血食，痛哭弥日，二目尽肿。连日陆军第二十镇统制张继祖合词陈奏，以十二事要君，词语凛烈。朝议防有清君侧之师，已一一可其奏。而太原之变，陆中丞全家殉节矣。陆君与余会食可数次，礼重其人，不图今日戕于乱军之手！兹事尔兄弟闻之，但付一哂。

若老人者，固有倒峡倾河之泪也。隆裕太后已发内帑，犒汉阳光复之师。胡以不过武昌，莫得其解。十二日，闻用袁项城内阁总理，以魏午庄尚书补湖广总督。余谓武昌尚悬黎氏之手，魏尚书何由受代。十五日，以吴禄贞抚山右。吴英年慷慨，闻亦阴主革命者。朝廷欲羁縻其人，竟中刺客，亡其头。此时东南半壁，已成割据。虽北来将帅如飞，亦未易着手。尔兄弟善事林公。余尚老健，日读文山《指南录》，间亦作诗，多伤时之作，不汝示也。

仲英得书，笑曰："阿翁理学中人，自有此语。然时会所趋，吾亦不得不尔，非敢显悖庭训。三纲之说，君臣一伦，新学说中无是也。若父子、夫妇，吾家纲领固在。身从何来，又安敢悖！"读讫，命侍者寄高资，示伯凯。

时镇江已动兵。述卿命白额虎率扬军七营巡防，四营渡江，趣六合，攻金陵之右。盖用谍言，某军辎重悉屯浦口，令白额虎绝其后路。白欣然以师渡江。述卿自领攻宁之师。仲英亦挈枪从行。道中，述卿令作书告陈德荃曰：

丹阳都督惠鉴：敌氛已迫，不下石头，东南之基桢不固。仆拟身率陆军，一面召集海舰，合击浦口；一面已饬石统制，率巡防，合扬州军队，要截某军北行之路。惟兵力单弱。闻江阴尚有巡防五营，并工程一营，请公饬赴浦口扼守，防其东下扬通，使人民践踩。愿公通筹全局，迅赐施行。

寻得复书，工程一队，已赴句容，留此五营，以守江阴，不能动也。镇军遂迤逦向石头矣。

第十五章　用间

石头城者，东以赤山为成皋，南以长、淮为伊洛，北以钟山为曲阜，西以大江为黄河。此言南都之胜，等于北都者。六朝以后，明太祖曾建都于此。迨及燕棣，始都燕，以此为陪京。直至洪、杨之役，南都遂成瓦砾之场，元气久久未复。

然形胜仍存，可以扼守。古无炮台，但守陆而不备水。取金陵者，陆军多向新亭一路。今则炮台扼塞处，其险有五，曰乌龙山，曰幕府山，曰雨花台，曰狮子山，曰富贵山。此外尚有紫金山，纯乎天险，用为屏蔽。乌龙去城六十里，前临大江，有二十一生炮二尊，可迎击龙潭进趣之军队。幕府山炮台，足以守护齐化门。富贵山之炮，可击朝阳、太平门外之军队。雨花台临句容。狮子山备下关。此非联五镇之兵，佐以炮队，万难为功。而镇军不过一镇，骑兵八十、炮四尊，浙军、苏军，炮骑略具，然亦寥寥。沪军仅一千六百，城中旗兵合北军，数逾二万，骑兵二千余。主客之势既殊，胜负之局可定。

述卿谓仲英曰："北军能战，而又据天险，势不可与争锋。当日洪、杨挫败之余，李臣典、萧孚泗诸人，拼命兜围，仅乃克之。然尚以地道进。今工程队能任此否？"仲英曰："然则仍用收镇之策，隐中联络炮台守者耳。"述卿曰："然。"遂以说上官承纲及汪虎二将。汪、官既降，诸台望风款纳。城中主兵者防炮台潜通民军，下令将莅台检核诸将。诸将潜取炮机，归镇江。及黎天生军占领炮台，各炮台一时同下，乃广布间谍入城，多印刷谕降之书。清将校訚明勋遂为述卿所用，将城中所有部署，绘图示民军，盖未战之先，已了了洞澈敌情矣。联军虽有同胞之义，然势同乌合，谣诼起如云浪。述卿焦思五夜不寝，将奉身求退。仲英极力劝止。

时议急于进兵，而镇军中尚有一队枪炮未及整备。时已改推程德荃为海陆总司令，定策与述卿合。梁乔丹者，老谋壮事人也。易帅之谋，均梁主之。且以书告述卿，人言可畏，善为之备。

初六日，大军前进，驻马群。得鄂中急电，言汉阳危甚。

仲英曰："此电宜秘。出则军心必乱。"遂草檄饬兵舰数艘赴援。初七日，程公德荃至军。时幕府山炮声已动，盖内向以轰北军。而浙军在孝陵卫与北军接，大胜。而述卿军进驻林庄，居破庙中，地湿如膏，以稻草铺地，厚尺许，坐卧其间。夜得鄂中急电，言武昌血战六昼夜，敌军火器较利。我军坚守武昌，乞以海陆军队，星夜接济。述卿复电，已以兵舰数艘赴援。

此间稍定，即发陆军。初八日进兵，述卿进谒俞司令。司令述鄂中危急，且言北军已由津浦南来。述卿告以白额虎已扼浦口矣。时幕府山弹尽，而沪上续运未到。炸药藏贮至伙，顾无电力，不能发。而军中已下令前进，述卿危之。延陶参谋定策。陶以命令已发，不能反汗。述卿大忧。是夜鄂中急电再至而宋渔父来电，言与黎同。述卿遂飞电海军，趣其急进。时已潜遣小队，隐埋炸药于朝阳门外。夜中接战，枪声如沸。述卿急装登紫金山，望朝阳门，巨炮一声，屋瓦皆震。闻雨花台有冲锋声，而朝阳门枪声亦益烈。迨晓，枪声渐稀，众皆以为城破矣。已而三十四标谭排长至，言昨夕亲赴城瘗埋炸药，城内忽出炸弹，适触炸药作奇响，非城破也。彼此相顾懊丧。

述卿建策，攻此严城，非巨炮不为功。俞司令遂饬祁豹嘉赴沪运炮。述卿以独骑归营。道中规划，非得天保城，则全军均无柄握。遂决计以镇军攻太平门一路。午后，陶参谋至，言俞司令图天保城，举军无肯行者。

述卿奋然曰："生死分也。《尉缭子》曰：'众已聚不虚散，兵已出不徒归。'非吾军居前敌，决无敢死之人。今当大聚镇兵而申讨之，俾人人尽其死力，方能成功。"陶君曰："吾以死助述公为之！"述卿呼仲英曰："仲英试同行，事之成败系此着矣！"

第十六章　誓师

读吾书者，当知革命非易事也。非骄王弛紊其权纲，非奸相排笮其忠谠，非进退系乎赇请，非赋敛加以峻急，非是非颠倒，使朝野暗无天日；非机宜坐失，使利权蚀于列强；非聚四海之财力，用之如泥沙；非出独夫之威棱，行之以残杀；非无故挑边，任邪教兴师于无名；非妄意愤军，使天下同疲于赔款，而国又乌得亡！而革命之军又胡从起！

观辛亥一役，武昌义士之哄，特出于不平，乃不图一拥立黎公，以正大光明之心迹，循吊民伐罪之涂辙，天下不期同声而响应。而林述卿者，固黎公所欣赏之人也。蓄大愿而寡私心，任难事而怀死志。顾功成见忌,几为人所甘心焉。林氏遂怏怏于乡里间。今年执业吾门,听《诗》义及《史记》,乃未几而淹然逝矣。书中所谓白额虎者,即躬行暴乱之人,当日乃为述卿旧部。使述卿在者,自能以精诚感格,使之勿动。今何如也!

顾述卿战略文采,为异日史中所必不废之人。而誓师一节,尤有精诚,即辞说亦佳。原文存彼笔记之中。今吾书中文字则略为润色者也。

时述卿与陶参谋同行至尧化门,入壁,起畚管带傅青,宣布司令之意。畚言目兵三夜失眠矣。述卿曰:"有急令,须聚众而宣告之。"畚即吹角。半炊许,众始大集。

陶君对众宣言曰:"诸君累夜失眠矣。兵间劳苦,初无主将偏裨之别。须知此来金陵,岂为利来,亦岂为功名而来?天下困弊政久矣,武昌既倡大义,则我辈不能不刷汉种之精神,力图光复。须知武昌四战之地,非得金陵,则前后受敌,武汉亦不能有。天下事,有前进一步,可以全万姓之命;后却一步,即以败垂成之功。鄙人即第九镇创始之人,队中上至官长,下至目兵,当能相识。清初之鄙弃绿营,有同刍狗。以兵籍出自招募,其后贱之一如奴隶,其委化也,付诸虫沙。二百年来,虽曾、胡之能,收复东南半壁,而绿营之士,清廷初未尝目之为功人。鄙人进策,办此征兵,即冀稍通兵学、知向背,预存今日革命之用。今武昌一倡,应者四集。近观楚、皖,远视闽、粤、滇、黔,均已一一响应,则金陵亦在唾手之间。

"吾军果一振作,敌无战心,必然解体。此即汉族重见天日之期,事机万不可失。林都督与诸君同其甘苦,数夜以来,亦未尝贴近床席。今日事势已逼,非得我辈同心勠力,进趣天保城,得其要领，则旷日持久，大属非计。鄙人以往来奔走，旧疾复发，夜来呻楚不堪。今日特力疾与诸君布期腷臆，愿同心膂，下此严城。"

陶君演说后，大嗽不止，众为动容。

述卿乃继进宣言曰："仆自京岘山导诸君至此，近一月矣。此一月中，事势万变。然钳揣敌情，似有可乘之机，操必胜之要。顾仆方往来筹划，上商司令，下谋幕僚，无暇与诸君晨夕相见。或且谓仆为苟且之安。须知顿兵严城之下，不胜即败。败则仆为祸首，何利之图，而敢惰其官骸，不为全军谋胜利耶？近闻飞语，谓仆昵于原带之营。此语亦不为无因。天下有不可告人之劳，厥状似逸；有不能共喻之苦，其心似私。然不白之，无以释大众之疑；容忍之，转以为全局之梗。镇江反正以后，仆即开足额两队，赴青江浦一带防剿土匪，招抚地方。军无后继，供亿亦缺，饥馁在所不免。然以仆平日交谊，队中尚无闲言。所余不足额两队，为数只一百五十名。旗营日形不靖，诸君之所知也。昼夜枕戈，防旗人窃发。仆与此军同命，心悯其劳。顾安危所系，则亦不暇顾恤。然日中尚须搬运服装、器械、粮食，均恃此一百五十人，直同苦力，不类征兵。正以知主将之艰虞，故不生怨咨。审上下之同力，故无敢废怠。而仆亦以此安之。特较诸君三夜之不眠，其劳亦复相埒。依之旧有之部，原是同胞。讵诸君与我共事于此，独非同胞耶夫！渐渍之久，则胶漆解坚；浸润之至，则骨肉乖析。彼逸人之口，正欲解吾胶漆之坚，而析吾骨肉之爱，诸君又安能听之！至今日仆之鹿鹿兵间，未曾与诸君亲密者，亦自有故。金陵天险，徒恃镇江一旅之师，虽人人勇悍无畏，然亦须军有后继。故苏、浙二军，仆不能不少加延接。联络二军，即所以扩张吾军也。然徒恃陆战，而无水师以补其阙，则战备疏。故仆又息息防舰队之不吾助，则极力为之部署。况雨花台溃散之兵，麇集镇江，不惟兵械毫无，而衣服尤形凋敝，则不能不为设法编成一军。且仆以都督兼民政，则设员分司，在在耗其精力。又敌氛近在咫尺，不能不用间谍。以上尚有应办之事宜，莫逃之责任。所苦者，镇江反正后，存款不过十二万。兵力既已骤加，舰队又复骈凑，一月之需，应四十余万，则求协饷于邻省，是谁之责？嗟乎！

"诸君，仆亦与诸君等为目兵耳。诸君责任只在前无坚敌，奋不顾身。仆则兵食兼筹，包罗万有。诸君谓仆尚有一息之安耶？

"彼留屯镇江之众，怨仆不遣赴前敌，令彼立功。而奋勇前敌之兵，又怨仆不留屯镇江，使彼苏息。今使仆有行雨之力，处于洗衣与种稻之间，彼洗女日欲吾晴，而农夫则日求吾雨。诸君试思，以何者为当？虽然《抱朴子》有言：'谤读言不可以巧言弭，实恨不可以虚事释。'今日仆之宣布，初非巧言，即诸君之与仆，亦无实恨。今当屏去他说，以军事为前提。仆今拼命，明日将往攻天保城，知诸君壮往，与我同志，必能与我同命。

"或且有谓仆贪天之功，使万骨皆枯，成一将之功绩。我敢对众立誓，宁垣一破，立将镇江都督取销，示不贪利禄、专图救民于水火之中。果诸君不信吾言，则城军亦必不能留我生命。此军一陷，则苏浙一带残杀自不待言，汉族再无伸眉之日。盖我军所处形势，在万死一生之间，不进亦死。然不进之死，死尚无名，不如为孤注之一掷。仆愿与诸君颈血同膏原野，亦所诚甘。脱天佑民军，金陵一下，则千秋史册均有尔我之名。嗟夫！

"男子死耳，何惜此七尺之躯，不为四万万同胞吐气耶！言尽于此，幸自努力。"

述卿语后，各兵神宇飞扬，人人咸有喜色。述卿知可用矣，遂令归伍，明日听令。

第十七章　督战

天保城，较紫金山略低。民军若抄东山小路，攀援上紫金山之顶，凭高下瞰，则天保城仰面迎敌，在势为劳。述卿策定，令仲英出地图，一一加以小签。

时述卿居尧化门外小屋，小窗北向，不能得日，屋宇沉黑，一榻一案。仲英则席地而卧，日中非秉烛不能治军书。将校亦时集此小屋中，可数十人。述卿复述誓师之言，矢以彼此同命。

因出地图示以进取之要，众皆曰然。述卿遂令选精卒二百名，直趣紫金山。正摒挡间，统带李玉岗、杨韵高入，言镇军第三标已到。遂以进攻天保城之策详示二君。二君咸曰："此策深中机宜。"述卿遂下命令：令畬傅青以精锐二百，由岔路口村后，潜登紫金山。一令李玉岗率所部赴蒋王庙，仰攻天保城。

时先锋队冯清典至。述卿遂令至藤子树协攻。述卿示以地图，冯粲然曰："吾初至如盲，得图眼光大廓，知所以处敌矣。"意气甚壮。

初十日迟明，遂移兵向尧化门。行道遇卫生队，有西人数辈，问移兵安往，述卿曰："攻太平门。"八时许，各营俱依令出发。述卿则赁居一卖浆家，以芦席和泥为壁。参谋及仲英诸人，均藉藁坐。

述卿挟仲英诸人，赴岔路口督战。时山上枪声如沸，城上飞弹往来于空气中，虽然若流星。仲英挟枪将赴城下，述卿立止之不可。时有卫兵飞驰禀白，言参谋及谈维城已得攻城巨炮引至。述卿即以敢死队六十名，护卫而来。炮至，仲英请率之行，遂曲折辇近天保城。城外兵屯如蚁，炮烟浓黑。烟消，见城上北兵无数，咸引枪下击。仲英引巨炮向兵多处，轰然一声，适中城垛，城崩数尺，砖石杂人纷飞，尘土高起数丈以外。然北兵立时以门坎之属积陷处，加以沙囊。仲英纵第二炮，越过城堞。城上亦还炮，弹落丛树中陡爆，幸不伤人。仲英更纵第三炮，城垣立陷可丈余，堞上北兵纷纷下坠。敢死队疾进，以猎刀猛斫之。仲英命纵第四炮，忽有飞弹从耳际过。左右大惊。

仲英曰："生死有命，趣发弹！"方指挥间，复有一弹至，不知所向。仲英手上之枪忽落于地，欲以左手拾枪，乃不能动，其重如铅。衣上微温，扪而嗅之，血腥也，知左臂已中弹矣。

仍呼纵炮，不期委顿于地。左右大惊曰："参谋中弹矣！"仲英曰："勿声，恐乱军心，亦不可令都督知之。且扶我坐于林间，君辈仍纵炮。且尚有几弹？"左右曰："尚余六弹。"仲英此际血出不止，犹强应之曰："尽此六弹，务下此城！"

时月落风高，弹下如雨。自仲英受创后，各兵纵弹，乃失其准。一人已飞驰告述卿。述卿饬人以异床至。此时仲英以背就一老柳之干，俯视山下，昏黑如无物。自念老父年高，革命非其本怀，乃强违庭训，身趣前敌。夫将者，死官也。一死初不足惜，惟眼见此城垂下，竟不能遂我成功之志，可悲也！又思伯凯尚在高资，吾死之日，不知伯凯如何悲怆。且述卿待己良厚，一见如故，立署为参谋。一死之后，幕中更短一人为佐矣。不期念及秋光。秋光不惟美丽可人，而论事明透，能彻中边，尤无近来女界矜张习气。细察其意，颇向我。顾在百忙之中，未敢仓卒求婚。想吾死后，必得美人无穷之酸泪。辗转间，不觉将重重旧事，翻腾脑际。夫以重创之人，加之悲怆，觉两耳中如雷鸣，杂炮声而动。又两目洞黑，不复见物，遂晕于树间。

第十八章　看护

仲英晕凡一日有半，卧于一人家中。屋宇稍洁，去城可二十余里之远。日午时微醒，忽闻有花露之馨触鼻。陡一张眼，则见小窗之外，杨柳疏疏，为微风摇曳。榻前背面坐一女郎，不髻而辫，辫粗如儿臂，滑泽光可鉴人。花露之香，似出女郎襟袖。自视左膊已缚白布，重裹甚厚。而腹中微微觉饥。视此女郎，凝目窗口外垂杨，如有所思。忽闻榻上微呻，陡然回顾，则意中所注念之人胡秋光也。仲英大惊，方欲强起，而臂痛不可忍。秋光即以手按之曰："医生言勿动，动即创裂。惟此时饥否？"仲英曰："饥甚。"女匆匆出，已而手牛乳一杯曰："仲英，一日有半不省人矣。此流质，饮之或不凝滞。"乳入后，尚思食。女曰："医言勿急进。少顷得焦面包食之，吾已前备矣。"仲英欲起旋，女已前觉，即趋出。有一人衣服整洁，出皮带合私处，引溺入诸溺器中，将而出之。出后，女复入。

仲英心绪潮沸，喜惧交杂，不知所问。既而极力抽出辞苗，问曰："此为何地？吾何为在此？女士亦何时而至？"女曰："医生诚勿烦言。君必欲听者，吾略告君。自君别后，吾即经营红十字会。顾仗义者多，而捐资者寡。吾不得已出千元，合同志数人，共赁此宅。医生为美国人华君，壮吾所为，愿尽其义务。君于前两夜中弹，吾即侦得噩耗，驰书告陶参谋。陶为吾旧识，以异床将君至此。医生言弹入左臂，幸未伤骨衣。启而出之，血溢如注，吾心恫不已。医生以厚布重裹，俾勿动，但睡中时时什呓语。"

仲英曰："吾梦中作何谰言？"女红潮被颊，久不能答。

仲英趣问。女低头曰："呼吾名耳。"仲英𫘤然曰："心之所念，梦寐中竟不为讳。嗟夫秋光！吾何幸活君之掌中耶！"女久不语，但曰："愿君早痊。"仲英曰："同来者凡几人？"

女曰："有朱姓者、罗姓者、薛姓者凡三人，恒不耐清寂，时时以摇车出野游。此红十字会几专为仲英一人而设。此间经费，大半吾独任之。此数君既出资，又复惮劳。慕义间则踊跃而前，经劳苦则远扬而去。近已数日不归，大率还上海矣。"

仲英曰："风闻君家有余资数千金，今又为义而耗。后此胡以为计？"女曰："叔母无儿，尚储万金，时时言以授我。且先君在时，尚家藏康熙时三彩瓷瓶一对，据人言，市之欧人，可得二三万金，异日足为我二……"语至此，自知谬误，结舌不能语。仲英已悟，殆谓足与己出洋求学也，即相对无语。秋光曰："以时度之，宜进食。焦面包已加瓷碗，置之冰上，俾焦烈之气少减，于创人无害。"遂款步出，将面包及牛乳入。

此时仲英已渺不觉痛，心旷神怡，食至甘芳，且食且曰不知所报。秋光曰："久饥之后，进食不宜骤，骤则生噎。更一点钟，医生至矣。"食已，将器出。秋光即拥彗扫地，拂拭几案，就案取书数卷并笔墨，藏之隐处。仲英曰："案上何书？"

秋光曰："梅溪、碧山词耳。沪上无聊，恒将此两家用为排遣。"仲英曰："秋光视梅溪胜耶？"秋光曰："否。碧山幽情惨韵，适为黍离麦秀之时。达祖则清润有余，尚是清真一派。不过无草窗之沉闷耳。"仲英叹曰:"秋光终属解人。"语后,自顾其臂,红腥已透布裹之外。秋光惊曰:"奈何血复沁出?"

即以手抚仲英之额曰:"又作热矣。"

语未竟,闻门外有革靴声,医生入。医生年四十许,黄须绕颊,而貌甚慈祥。出寒暑计令仲英噙之。拔出,惊曰:"今日清醒,奈何热度又增?"沉吟久之,曰:"是多言之故。胡女士既有看护之责,幸戒之勿言。"于是解裹,而布已为血液所渍,胶黏不起,揭之痛彻心腑。医生命取水就洗患处,敷之以药,以白纸纵横加创口,另出药布再三裹之。坚嘱沉睡勿多言。牛乳日可三进。越数日,能进鸡露者,则病躯当日有起色。

因语秋光勿更与病人絮絮。秋光羞涩不可聊赖。

医生既去。窗中渐沉黑,灯光回射秋光两颊,淡红如玫瑰。

仲英心跃跃然,顾念患难见拯,安可蓄此妄念。即瞑目观心,无敢更视秋光。而秋光亦出,似就食于外。

第十九章　摅怀

迟明大饥。几上残灯尚灿。帏外仿佛有人影,则秋光也。

小蛮靴着地微微有声,似蹑踪有所侦伺者。仲英以尚在晓色朦胧中,不敢露声响。少顷窗纸全白,隐隐上朝暾矣。则微嗽示意。秋光往前揭帏,言曰:"今日觉热否?"仲英曰:"愈矣。但微苦饥。"秋光遂进牛乳,以小碟托焦面包一片。仲英食至甘芳。秋光守医生言,不敢作语。时时颐动复止,又时时纳手襟间,似有所觅。仲英不能禁,言曰:"秋光似有书欲以示我者?"秋光曰:"然。此尊兄伯凯书也。使者至自高资,问君病甚详。吾已一一告以无苦。此书能否迟数日观之?"仲英不可,即请秋

光拆视。书曰:

> 雄弟同怀览此:高赀守者,只阿兄一人。又蒙述公重寄,瞬息不能去军。闻吾弟中弹,陶参谋及述公书来,咸言无恙。兄急欲来省,而此间无庖代之人。
> 闻在胡女士红十字会中。女士为弟道义之友,必能极力调护。三数日间,定能至弟处一视。病中勿急剧,以宁心静养为上着。兄凯启。

仲英太息无言。秋光已代藏其书。仲英昏然复睡。既醒,见晴日满窗。秋光方就案作书,杨柳在前,而发光为日所映,有光灿射,粉颈低垂,口中微哦,似填词状。遂伪睡以听之。

盖《南乡子》词,调云:

> 杨柳小栏桥,日落金陵上暮潮。流水焉知人事改,迢迢。一行烟芜送六朝。艳梦乱中消,那复秦淮姝嫩箫。两两酒旗山色里,萧寥。尽汝秋容着意描。

词既凄清,声尤婉脆。仲英不期大声拊席曰:"尽汝秋容着意描。"秋光惊愕回顾曰:"奈何如此令人震骇?"仲英曰:"医生留语,原不令我吐词。然当前才女,笔底名篇,我王雄即裂创而死,亦万万不能忍俊矣。"秋光曰:"仲英宜惜性命。"

然见仲英推奖,玉容微形得意,即曰:"日昨在门外野眺,金陵城堞在半云半雾之中,寂静不闻炮声,似天保城已经克复。对此茫茫,不期感虎踞龙争之事,爰成此词。本待仲英愈时为我正拍。一时忘怀，甫自吟一遍，乃百丑尽露，竟为仲英所觉。"仲英曰："吾阅人多矣。洒脱而守礼防，慷慨而安素分，怆时变而抱仁心，具清才而多谦德，秋光殆女界中第一人也。"

正对语间，忽闻门外有人答曰："岂惟第一人，直超古列女之上！"两人愕听，则陶参谋语也。此时朴清闯然直入，抚手曰："述公忧汝，几于眠食都废。华医生书至，言弹子已出，幸但伤肩部，未坏骨衣。众为释然。"仲英趣问城中如何。陶曰："胜矣。述公坚嘱且勿絮絮。仲英病起，自知此数日来战状。今日又如何者？"秋光曰："今日热度似较昨日为减，创口亦渐退其红鲜。"陶曰："医生来乎？"秋光曰："医来以下午。"陶曰："进食乎？"仲英曰："晓来进牛乳矣。"陶曰："为时非夙。仲英昨亡血，宜有以补助。"秋光已出，将牛乳及焦面包入。仲英且食且问陶战状。陶终不言，但曰："民军已长驱入城，君尚何问。述公憾尔不应冒进前敌。日来幕中文书，虽十吏莫给。仲英不病，则露布必出君手。"仲英微唷。陶再三温慰，始行。秋光送之门外。

少顷，医生已至，按脉验热度，较昨为瘥。启视患处，红鲜果渐退。医言："二礼拜中，当愈。明日进鸡汤矣。"秋光喜动颜色。是夜仲英食后即睡。秋光尚徘徊未归寝。闻仲英梦中作语曰："'尽汝秋容着意描'，此等秋容，又那描得到也？"秋光知为己而发，即微呼曰："仲英。"而仲英无声，鼾声已作。

秋光自念此人不惟勇敢，而又多情，望之似朴啬，乃不知韵致之绵远，令人不能自已。自念一身孤露，而叔母又在风烛之年，不及时自托。游览外洋，或不各治一业，胡以自立此竞争之世界？量度已定，计非仲英无第二人足属此身矣。

第二十章 订婚

于是仲英卧病已一星期矣，疮口渐平，能进鸡及牛肉矣。

仲英不问所来，知均出之秋光摒挡。伯凯来视，谈至半日。往面述卿后，仍归高资军次。

仲英就秋光索词稿。则用罗纹小笺，作簪花格，字画娟秀无伦。题目下作小跋云：

以事客金陵，在战云惨雾中十余日。居临野次。
小桥流水，古木蓊郁。咸六朝陈迹，荒凉至此。而今日又身履兵间，俯仰夷犹，却成此作。

下书"胡纫倚声"。仲英曰："今日秋光大名，乃为吾见矣。吾意明日入城。此间非久居地。江上轮舶又通行无阻，秋光能否渐归沪上？"秋光蹙然曰："医生言必二星期始愈。今仲英粗能行动，即欲入城，吾焉能恝然舍去。增一路中悬虑。此节当乞仲英谅之。"仲英曰："秋光以菩萨心肠，出我于万死之中。无论此生如何，而秋光二字已镌入心腑，至死不能复灭。"

秋光曰："生而见重足矣，言死何为？且仲英即不自讳，亦当……"仲英点首曰："然，然。谓死者明吾心之尽头，未敢忘惠也。今得此良友，吾虽屏弃万事，亦不能舍此小屋中片晌之韶光。惟述公军务，方在倥偬之中。吾托病自休，于友谊不能自释。而秋光如天之恩意，吾又不敢昧然遽行。若更以三日留者，或可许也。"秋光无语，微微践动其小蛮靴，似有所思。

久乃曰："三日亦佳。但此三日之中，光阴寸寸分分，均是宝贵。"

仲英曰："吾尚有求者。秋光能否将所书之词稿见赠？"

秋光笑曰："想君又当别制一罗囊矣。"仲英曰："此言非谬，罗囊尚在行箧之中，异时必有奉视之一日。"秋光曰："后来笔墨，正尔繁伙。仲英胡能一一皆珍重如秘宝？"仲英曰："宝者，岂惟笔墨。"秋光曰："舍笔墨外，更何所重？"仲英曰："仙样亭亭，锦心绣口，而佳章即从是中而出，所宝宁不重于笔墨？"秋光曰："吾亦计及于此矣。久欲有言，迟迟不能出。"仲英曰："叔母仁慈，如南岳夫人。吾意此间军务得少就绪，即往求叔母以事，或不见屏。"

秋光回首窗口外阳光，欲笑未笑间，风神令人描写不出。

仲英忽失声曰："尽汝秋容着意描。"秋光含嗔语曰："此词亦作如是解耶？"仲英曰："吾自向叔母竟吾事。今日或嗔或怒，一一凭君。"秋光复微哂曰："三日之留，君当允我。"

第二十一章　叙战

逾三日，仲英能健步如恒人。晨起，敦促秋光俶装，曰："吾在此，送君登舟。"秋光泪光满眼，滞于座上不起，而侍者已匆匆治行事。秋光哽咽呼曰："仲英。"已而无声。仲英曰："尔前书告我，叙江南形胜及攻取之法，若掩其姓名读之，则堂堂一策士书也。气概之堂皇，音吐之洪亮，谓今日别其良友，乃作娇啼耶。"

秋光不答，久乃曰："勿太使人难堪。我思建业一城，既归我有，则南中决无战事。仲英当以何时至沪，见吾叔母？"

仲英曰："叔母后来即吾母也，奉拜膝下，乌敢迟迟。秋光果不使我悬悬者，则当强自宽解，趁舟南下。吾为秋光之故，敢不自惜其身？以此身为秋光赐我，则当力卫此身，以还秋光。"

秋光闻言声哽，则强制其悲曰："王雄，我以仲英付汝，汝为我昼夕调护。"仲英愕然。既而曰："如敢食言，有如天日。"

秋光迟迟始起，以行箧付人力车赴舟，力阻仲英勿送。

时陶参谋以马来迎仲英，遂怏怏入城。城中秩序粗定，然兵队时有龃龉。仲英乘马至府门，入见述卿，虽喜悦承迎，而面容懊丧，微闻感喟之声。仲英曰："贪功冒进，几丧此身，增公悼惜。病中闻公念我，感入五中。惟幕府公文，或不因病夫而搁废，用此负公知己，殊增怅惘。"述卿曰："良朋无恙，吾心喜不可支。然转瞬与君别矣。"仲英曰："公大功甫成，行且安适？"述卿叹曰："某已为人牙孽，公不之知耶！"仲英曰："不惟兹事未知，即创后城中克复之情形，陶君亦不吾告。"述卿曰："今且进食，更论他事。"于是传餐。仲英此时已能健饭。饭已，入室同坐吸烟。

仲英请述胜状。述卿曰："仲英扶就十字会后，吾即移此巨炮，更轰天保城，城遂下。而杨君韵高战死。吾至其临难处大哭。时天保城已空，敌兵断头洞腹者，布满城下。我军死者无几。顾当时详情，亦不省记。今请以畲傅青之报告示君。"

因就文稿检得（报告冗长，冷红生节而润色之）。畲文曰：

管带某，进规紫金山时，分率伍为三大排，狙行登山。而峰顶已有敌兵严扼。因用单人掩蔽法，陆续锐进，以次尽毙敌军。我军遂占领第三高峰，距城不过八九百密达。我军居高临下，且得树林隐蔽，发无不中。已而乘势占领两斜坡。目兵以背就石崖，外有隐蔽，敌弹乃不及。敌死，吾军无损。惟子弹已用逾半。幸彭督队输送子弹至，兵心复奋。而镇军第三标骤至数十人，王队官复以数十人增入火线中。激战间，浙军数十亦至。于是猛趣天保城前面敌之第一险要——阵地之高地腰部石崖，去敌可五百密达。浙军复大至。然敌人隐围墙之后，枪声如沸。

时杨管带韵高，李统带玉岗，以大队至。敌乃伪降。杨公方临阵与语，敌枪猝发，杨公阵殒。贺排长趣呼开枪，一面驰报督队官胡毓城合两大队临援。至十时，敌弹渐稀。而我军已赍到子弹二万，并粮糗茶水之属，军心大定。时微雨蒙蒙，山径荦确，诸军稍稍落后。而敌军弹力复极猛烈，计非大炮不为功。胡毓城遂至尧化门，请都督以炮队助援。已而前左两队至。管带遂同胡督队率领都督所派步兵一营，炮兵一队，向天保城攻击。至六时四十分钟，城下矣。继又读队官季御椿报告云：十月初十晚，奉管带赴援，道中得敌人间谍，言有敌兵五六百人，据天保城一带，尚有援队五六百人，亦垂至。椿遂枪毙此谍。既临战地，敌人枪声甚烈，敌之右翼有巨炮声。然我军子弹且罄，第二标奋勇队约四五十人，浙军仅三四十人，沪军十余人而已，惟椿所统尚有完全战斗之力。顾敌人右翼有机关枪，左翼有炮队。因报告管带，请以炮队及机关枪趣援。

十一时有半，敌军伪降。我军知诈，急击而退之。

敌诈降凡两次，均无成功。惟我军右翼与敌左翼相距非远，又无障碍物自蔽，为势至险。椿遂将后一二三人排，轮流在左右翼与敌抗抵。

次晨五小时，与队官刘元崧、浙军排长畲祖鲁、本队排长李汉宗议举行冲锋。遂奏冲锋号前进。敌弹雨注，刘、畲两人均创，乃退回阵地。我军有小队来援，又复为击死指挥官一员。援军乃退。椿与李排长再议冲锋。天已迟明，议由右翼包抄，攀山径前进。留一小部在火线中，用快放，其余悉数包抄前进。至第一段，敌尚严密，乃令停放。跃进第二段，始用快放，将敌击退，复奋呼跃。至第三段，而沪军援队适至，兵力大盛，向敌鏖扑。敌之左翼已竖白旗，而镇军步兵炮队亦到，向敌地搜索击射。到六时四十分钟，遂克天保城。

仲英读已曰："其下如何？"述卿曰："后此下令攻城。至太平门时，遇美领事，言张军行矣。遂整兵入城。曾作绝句云：

　　降幡高揭石头城，日射雄关万角声。
　　如此江山收一战，居然还我汉家营。

遂通电各省云：'镇军本晨十时，夺得南京城，大军已进城矣。述卿叩。'余部署甫定，将迎联军总司令及苏、浙各军入城。而某军已长驱夺门而入，将第一营管带王之刚所部驱逐，几兆墙阋之祸。"仲英曰："此王浑举动也。"述卿曰："然。余亦不屈，自知仓卒无择，冒署临时都督，开罪于人。因通电各处，请撤销临时都督并镇江都督，请程德荃督宁。时武昌已告急，是晚胡陪德告余，请以兵符印信，送归程公，则大局定。吾已如言。十六日，程公莅宁。十七日面余，彼此谈论甚适。仲英至此甚佳，吾兵权已卸，明日将赴上海矣。仲英能否同行？"仲英心念秋光，即曰："创痕新合，亦拟暂驻上海养疴也。"

第二十二章　馆甥

迟明，仲英作书别伯凯，以二十一日至沪。述卿则往访某君，仲英意弗喜也。既离长发栈，遂自至秋光家。

门开铃动，秋光自楼窗下瞰，见为仲英，赫然变色，呼曰："奈何扶病涉此长途？"仲英喜极不能答。但闻小蛮靴下楼级声，入仲英耳际，咸有韵致。仲英一见，即趋进执手为礼，然已冷如冰雪，声哽而微言曰："不知所报。"秋光泪如泉涌，彼此对立不言。秋光忽强笑曰："难得相见，理当言欢，奈何为楚囚之泣？吾亦昨日甫归。"仲英曰："此来特参叔母夫人。"秋光曰："仲英匆匆至此，且小坐进食。老人必加礼接。"

已呼侍者治食。饭白如玉屑，肴蒸雅洁。两人至此，礼分已蠲，遂坐而对食。既盥漱，遂整衣登楼。

胡夫人年可六十余，华发盈头。楼心供佛像。仲英入，即下拜，言曰："小子仰太夫人盛德至矣。属在兵间，弹穿左膊，女公子适为红十字会，余生赖以救护。不尔，残骨委榛莽矣。报恩无路，特来晋谒夫人。愿夫人耄耋健康，符我心祝。"夫人曰："参谋病中事，秋儿述之历历。恨吾家无三尺男，若得英伟之器如参谋者，支我门户，不宁佳耶？"仲英悉夫人所言意旨，必为秋光所授，即下拜曰："夫人果不以雄为不肖者，愿系援于夫人家。"语时，秋光已瞥然入复室。夫人曰："此老身夙心也。近者，沪上多自由结婚。参谋既以秋儿为贤，即以老身主婚，侍参谋巾栉可也。秋儿汝出，吾孀独何恃，亦恃此娇客耳。尔两人未成礼前，仍以兄礼事参谋。方今四海腾沸，鹿死谁手，尚未可知。今林都督又安在？"仲英曰："卸兵权矣。"

秋光忽出曰："仲英，述公有大功，何由乞休？"仲英笑曰："浑、浚争功耳。为述公计，以乞身为是。"秋光叹曰："壮弱异科，则扛鼎者见忌。吾向读《抱朴子》，今日乃验是言。述公有战略而暗于人情，负鲠概而拙于退让，宜其丛忌之多也。"夫人曰："参谋食未？"秋光曰："食矣。"顾仲英曰："叔母长斋，故不与吾同饭。"夫人曰："参谋卸装何所，请鉴被此间。且大创新愈，亦便于调摄。"仲英犹豫，而秋光竟以目示意。仲英领诺。

秋光随之下楼，同坐于迟青室。仲英曰："此来不虚吾愿。"秋光曰："创合矣，请坦以示我。"于是秋光代仲英启襟。

见尚封裹。发之，已结厚痂且脱矣。复为重裹，即曰："此间可以下榻。但窗外无野意，不见所谓杨柳酒旗也。"仲英曰："但读填词，而金陵山色，已亘吾前，何复恋彼数间茅屋。"

秋光曰："大凡难中滋味，较安常处顺中，尤醰醰足供嚼咀。方仲英被创，解剖取弹，吾执烛手颤，几晕君侧。须知此二日中，凡数十次视君颜面，瞑然如死人。吾坐君榻前，此心如浮入云际，忽又一落千丈。夫以看护之责，固欲创人得生，而吾此时又不似但属于看护。"仲英即曰："此所以令人镂之心髓。"

秋光曰："吾能否以侍者从君携装而至？"仲英忽仓皇解衣四觅，如有所失。秋光惊曰："何物？"仲英曰："词稿耳。"既而曰："得之，得之。"果有小罗囊，并秋光二札及词并纳其中。秋光夺而抵之地曰："书痴！从今以后，须以巨囊贮之，仍不能尽，何惜此戋戋为？"仲英俯拾，纳之胸际曰："此仲英性命所属，尔不能干涉吾事。"秋光临窗呼曰："六儿，尔从王先生取物事来！"仲英遂与执手为礼而出。

第二十三章　媚座

时沪上党社纷起，如国民协会也，中华共和促进会也，共和统一会也，同盟会也（此为老会），国民联合会也，共和建设会也，中国佛教协进会也，中华民国中央演说团也，中华国货维持会也，全皖共和急进会也，民党进行社也，南京社会党也，言庞事杂，各有所见。然而革命之宗旨，则彼此符合如一。

述卿方与某氏谋北伐之师。仲英以战创甫愈，又为秋光羁绊，恒未与议，此时将行装移至秋光家，身就聘妻，情款日密。

秋光禁之不令外出。女界谓秋光冷涩，以为不足与议。而秋光亦心薄此辈好张皇而乱人意，故长日与仲英讲论文字。仲英躬承家学，根柢深邃。而秋光聪明，殆出天授。彼此形迹虽密，然有礼防为之中梗，夜来非开窗燃烛，两人不作密谈也。

一日，仲英忽谓秋光曰："老人经月无书，吾当作函上达。"因略叙收复金陵事，并言以媒妁通婚于胡氏。叔母年高，而己身又病，故委装其家，日来病亦略痊矣。书中讳言金陵被创之事。更十日，得翁手谕矣。谕曰：

不告而娶，非礼也。幸尔但聘而未娶，预以白我，此尚可原。胡氏女或无近来女界习气，有则非吾家之福也。余尚老健，惟时事关怀，日抱孤愤耳。十九日，资政院投票举总理，项城得七十六票，王人文、岑春煊各二票，那彦图、梁启超各一票。少帝闻监国陈奏鄂事，即启太后曰："京师这么乱，我们不如早往别处去也。"言哀而动人。余闻之辗转累夕不能寝。闻良弼议，将横河铁桥断绝，扼南军来路，意将分南北两朝。然六朝划江淮不划黄河，黄河一划，身其余几？

吾观南人之志不小，项城老谋壮事，固足以奠南服。

正恐天厌清室，事势正有不堪问者。近者，宫中出黄金九万两，而司财政者每两仅易银三十两。时京师金价昂至五十以外矣。若兄尚在镇江。闻林述卿已卸兵柄，此亦佳事。苍石翁书示雄儿。

仲英得书，与秋光共读。秋光且读且笑曰："阿翁守旧至此。然终是前辈风范。"仲英曰："翁固守节，然尚圆通。不尔何能听我从军于江表？"言次，闻马车辚辚，声至门而止。

御者入言贝女士至。突见仲英，即曰："勇哉壮士！闻天保城下先生中弹立僵，得秋光为看护而愈，此天所以相勇士也。"仲英曰："力不任战，何足言勇。"清澄曰："否。昨晤伯元，闻先生已临沪上。吾思莅沪必主此间，故来奉访。晚中一家春薄酌，能否惠临？"仲英以目视秋光。秋光点首，仲英如约。清澄且约秋光同往，秋光力辞。清澄既行，仲英曰："秋光，奈何令我赴约？"秋光曰："不行，彼且以我为妒。以若坚操，何至沦入混浊？"仲英终怏怏。

至时，一家春上下酒客如织，卢眉峰、顾月城及倪伯元咸在。伯元一见，即问江宁事。仲英微微叙述。眉峰亦忘前吝，极道殷勤。而贝清澄承迎尤挚。时而同坐，时而引手，礼防尽溃。而仲英端凝不为动。贝氏风貌亦佳，特荡而无检，好名而广交，将推扩其声望，被于天下。家有微蓄，则尽出以结客。

并提倡女子北伐队，枵声狂态，群少年咸追逐其后。然闻仲英文武兼资，且好谋能战，故时时注意，并请介绍以见述卿。仲英唯唯。眉峰问天保城事甚悉，亦颇频以眉目送情。仲英木然若无所觉。

席罢，以车归寓。秋光方坐而读书。仲英呼曰："秋光，太累人。余今日入《聊斋》中夜叉国矣。"秋光大笑曰："此尚为上流人物，下此宁止夜叉！"仲英口渴。秋光曰："吾已瀹茗于此。此为隐屏岩茶，嗅之得荔枝香。"仲英微啜，渴止，问老人睡未。秋光曰："老人不待我登楼不睡也。"仲英曰："近得述公柬，将以明日邀余小饮。"

第二十四章　审势

明日，见述卿于酒楼。述卿忧形于色，言将赴浦口，观白额虎布置，并到扬州，视徐宝生兵队。"刻下徐州、淮上、汉口，北军云屯，而谗我者又四集。今且至扬州，观其大势。黄氏尚与我厚，或能以一军属我北伐，尚足为力。惟此时虽人人有共和之心，而世界仍属黑暗也。"述卿言次，不堪悲感。

仲英曰："南军原非北军之敌，然亦视其将领如何。当时捻军皆北人，所将骑队，整疾无声，瞬息数百里，而刘铭传以淮军胜之。且戚南塘亦以乌伤之兵屯塞北，敌无能当。若以述公率临淮清江之军北趣，军火足、粮储富，可以一战。若扬州一军，其心叵测，正恐难恃。且今日人人有见才之心，不惟不相统属，而且不肯援助。述公悬军深入，为势必败。陈公恹恹非将才，而与公争功者，已憾次骨。将来谗构必且百端。公疏略，又不能为备。吾意不如听为之。公且敛手归，再观时会。雄自到沪上，览当世某某人物，废乱有余，镇定不足，恐非北朝之敌。王彭祖兵力厚于石勒，刘守光大势盛于李亚子，而石、李蜷伏无声，后来卒为吞并。北朝大有人在，恐非南中诸彦所能测也。"述卿曰："吾亦云然。今且到浦口，更至扬州，相时度势，再定行止。"仲英曰:"战创尚未平复,恐不能从。果天相我公,得操兵柄,旁无掣肘之人,雄尚足奔走效命。今前望茫茫,雄旦晚思出洋求学,不欲再与兵事矣。"遂太息,不欢而散。

明日,述卿果北行。时十月垂尽矣。各省悉已独立,湖北黎、湖南谭、江西梅、安徽刘、广东蒋、云南罗、山西谭、陕西张、苏州程、南京徐、江北蒋、浙江汤、福建孙、山东孙、上海陈、广西陆,义旗纷起,惟直隶、河南尚属中央。

群雄会议,当组织临时政府。时孙中山未归,于是推举黄兴、黎元洪为正、副元帅。遂决议立黄兴为大元帅,行大总统事。出入舆卫甚盛。西人租界,亦不之禁(此为十月以前事,吾书特补记之)。蒋小炎大忤,极力攻讦克强,目为疯人,不复与较。小炎者,颇能读书,强记文字,喜捭扯,猖狂谩骂,类发狂易,名为革命巨子,而坦率无城府。

十一月初旬,孙中山偕胡汉民十余人,自海外归。沪人哗骇,谓中山挟华侨资数千万,并载炮械而归。而中山对众笑言:"吾挟得精神归耳。"大元帅和外交长伍君,至哈同园行馆晋谒。

初九日,南京各省代表团开会,预选临时大总统,投票选举,有被选举资格者藏之箧笥。初十日,开正式选举会。

刘之杰代陈都督发箧,合选举资格者三人:孙君文、黎君元洪、黄君兴。三人当即分票,于十七省代表,由议长按序呼名,以次投匦。孙君得十六票,黄君得一票。众呼"中华共和万岁",军乐大振。军、学各界,互庆得人。

第二十五章　探梅

时已仲冬,张园梅花盛开。石桥之南,髡柳十余株,梅花数本，红醋扑人。其下有美人，冠鸟羽之冠，以白狐之腋盘颈，下垂于胸际，仄袖长裙，裙底小蛮靴，细峭仅六寸以外，风貌与梅花相映发。其后一西装少年与之同行，则胡秋光及仲英也。

之两人者，各蓄革命之志，匪一日矣。仲英自金陵战罢，见述卿为人媒蝎，且夺其功而败其事，进取之心已灰。见北朝调度有方，兵力雄盛。而南中有一范增而不能用，虽盛张武概无为也。又见汉阳为北军所有，而顿兵不进。段军南下，亦不宣战。

张军留屯徐州。而山陕二处，均以次受北朝号令，养锋不发，此其志不小。于是决然屏弃物外，日与聘妻瀹茗论文以为乐。

今日雅游，风日又复晴美，夫妻同坐小亭。忽见案上遗留报纸，中有大总统宣言书，有云：

国家之本，在于人民。合汉、满、蒙、回、藏为一国，如合汉、满、蒙、回、藏为一人。是曰民族之统一。武汉首义，十数行省先后独立。所谓独立者，对于清廷为脱离，对于各省为联合。蒙古、西藏，意亦同此。行动既一，决无歧趋。枢机成于中央，故经纬周于四至。是曰领土之统一。血钟一鸣，义旗四起，拥甲带戈之士，遍于十余行省。虽编制或不一，号令或未齐，而目的所在，则无不同。由共同之目的，以为共同之行动。整齐划一，夫岂其难。是曰军政之统一。国家幅员辽阔，各省自有其风气所宜。前次清廷，强以中央之法行之，以遂其伪立宪之术。今者各省联合，互谋自治。

此后行政，期于中央政府与各省之关系调剂得宜。大纲既挈，条目自举。是曰内治之统一。（上下略）

仲英读已，顾秋光曰："如何？"秋光曰："汉、满与回，可统一也。回人自为左季高重创以后，未闻有炽热之举动。且内回与民人杂处，加以恩意，自易拊驯。内蒙王公，已习中土风俗，塞外犷悍之气已消，近来颇习文雅，尚易联合。"

仲英曰："汝言洞中肯綮。即各省联合，互谋自治，吾亦决其难行。自治二字，即独立之别名。唐之藩镇，皆欲自治，而成为独立。调剂二字，流弊必出于姑息。将来各省自为风气，决不受中央号令，在吾意中。此条告弊病百出，何能一一讨论如议员？且吾今日为梅花来，不为新总统之条告来也。"挽秋光之手立起，再经小桥之侧。秋光曰："不审西湖孤山之梅，较此如何？"仲英曰："汝言孤山梅耶？无论何人，均可攀折，转不如是间有人管领。"秋光笑曰："然则共和不如专制耶？"

仲英不答。

第二十六章　和议

方孙中山受事之前，北庭已有停战之议。唐使在沪，彼此函电交驰，事颇秘密。然电文之明示海内，皆冠冕之词。时总理之意，力求与黄陂合一，主和不主战。故勒兵不发，坐待佳音。而林述卿尚仆仆以战术告诸道，乃一无听者。

仲英一日忽得述卿书，词至愤郁。秋光夺而读之，书曰：

仲英足下：仆别后，至维扬。城北迎迓至恭，然察其意殊落漠。已而仆所部与城人少有龃龉,城北执而因之。有人潜告,意将加害于仆。害之与否,仆所不计。然既不相助,留此殊无意味。遂至下关,遇旧部白额虎,言:"昨晚有人以长电历道君之短处,进见总统必无幸,不如速行。"仆不听,仍进谒总统,求撤司令部,并陈述北伐计划。总统默然,似不当意,则已中谗慝之言。因极力求退。然有人告我,总统将不利于仆,有人坚执不可始已。今闻南北已通电主和,则北伐之事已付子虚。南中尚有薄田可耕,计以腊尽归。须斯当相见于沪上。述启。

仲英太息无言。秋光再读其书,谓仲英曰:"此君血热,于世途阅历殊鲜。彼人以虚名拥大位,宁解用兵。且北军严扼要害,南中洞兵要者,亦知不可躐突。又有唐使居间,和局已在早晚。述公已解兵柄,有言胡足动人。且不择人而言,愈见其戆。如此将才,乃令沦废,深堪悯惜。"

语未竟,有二客至,则苏寅谷、倪伯元也。寅谷极道契阔,且问病后情况。仲英一一语之。伯元曰:"仲英亦知和局已垂成乎?"因出怀中所抄清廷谕旨,示仲英谕曰:

朕钦奉隆裕皇太后懿旨,内阁代递唐绍怡电奏,民军代表伍廷芳,坚称人民志愿,以改建共和政体为目的等语。此次武昌变起,朝廷俯从资政院之请,颁布宪法十九条,告庙宣誓。原冀早息干戈,同享和平幸福。徒以大信未孚,竞争迭起。予惟今日,君主立宪,共和立宪，二者以何为宜，此为对内对外实际利害问题，固非一部分人民所得而私，亦非朝廷一方面所能专决。自应招集临时国会，付诸公决。兹据国务大臣奏请，召集近支王公同议，面加询问，亦无异词。着内阁即以此议，电令唐绍怡转告民军代表，预为宣示。一面由内阁迅将选举法，妥拟协议执行，克期召集国会。并妥商伍廷芳，彼此先行罢兵，以安群生，而弭大难。予为天生民而立之君，实司牧职。

原以一人养天下，非以天下奉一人。皇帝缵承大统，甫在冲龄。余更何忍涂炭生民，贻害全国。但期会议已决，天视民视，天听民听。愿我军国民共谋大计，予实有厚望焉。钦此。

仲英读讫，愕然曰："然则逊位矣！此非南北同心，乌能奏此大效？然南北二军调停非易，伯元、寅谷以为何如？"秋光笑曰："然则非中山逊位不可。中山为惠而不费之唐虞，于毫末亦无所损。"于是三人大笑。秋光曰："中山果能逊位，则中国之祸，必且未艾。"三人咸为愕然。秋光曰："此易办耳！百战而得金陵者，投之散地，而人人各诩元勋。北军以骁勇欲试之锋，抑之勿动。北军之意，以为一动即可平南，眼底已不着南士。而南人所谓元勋者，麇沸麇至，异日酬庸，乌能尽偿其愿，必且怏怏无欢。而北庭官僚之派复多，党人不得志，必借倾覆专制之名，奉一二伟人，作第二次之革命，则事亦不可不防。"苏、倪闻而大服。仲英尤点首不已，叹曰："令人不能不服秋光之远识。人情难一，美利难普，不二年中国南北之争肇矣。"

第二十七章　弹哄

自是日起，南北议和之电，动辄数百言。而京师炸弹之队，乃亦数见。十一月二十七日，项城马车行至丁字街，刺客坐布肆，提皮箧，中置炸弹一枚。肆人觉异，欲启箧察为何物。客不可，遂出。而项城车马适飞越而前。客出弹力掷之。而马车已奔过十余步，军官乘马而从，中弹立死。时茶肆楼上尚有张、黄、杨三客，各藏一弹，以仓卒未安玻璃管，同时下掷，均未炸，遂一一受缚。而前客者，加伪辫，佯惊自仆地，大哭。巡警以为伧人之无胆者，力驱之去，得免死。而张、黄、杨三客入营务处，均处殊刑。而报章中，则言以宰豕之法行之，支解以死，语近无稽。

十二月初八日，良弼复为彭炸死。良弼家东城某处，即吴女士之小万柳堂也。亭榭曲折，中有小戏台。良弼嗜书画，顾多赝鼎。生平排汉甚力。而恶弼者，遂言弼将尽奴汉种，不令伸眉于后，较刚毅尤烈。时共和之诏已颁，虽以溥伟之贵近，亦不能争。良弼颇怏怏不自聊。而彭者，则伪为崇光之名，通谒不值。薄暮再至，而良弼适归，弹下，弼亡其左股，彭亦死。都下哗骇，逻缉愈严。时京师达官，都已走避。

初九日，天津炸弹复见，炸张怀芝也。刺客曰薛敬臣，年二十余，立时被杀。京师复大震。十一日，段、姜、张三帅合电，言不能再战，请宣布共和。遂定以壬子正月召集国会。时林述卿已归闽，留诗一章，示仲英云：

　　腊酒香中觅故居，前尘回首梦何如。
　　幸从铁马余生反，红树青山且读书。

是月，胡夫人患作，召仲英至榻下曰："老身恐不腊矣。银行中储一万七千金，秋儿亦有数千，可尽为奁资嫁秋儿。共和政体虽定，而人心终未定。王郎成功，金陵竟无酬庸之典。实则述公尚尔，何况王郎！老身欲从未死之年，观王郎成礼。以简为度，行文明之结婚。或于张园择一净室，延同志数人为婚证。礼成以后，俾老身得以归骨家山，此均王郎之赐。华人讲血统，异日秋儿生子，乞以其一嗣我亡夫，兼祧秋儿之父足矣。"

仲英及秋光咸泣不可仰。遂定以后日就张园行文明结婚礼。

第二十八章　礼成

张园腊尽，游人渐稀，然以乱故，寓公较前为多。仲英赁得广厅一所，中供胡、王先灵，设香楮以祀天，并陈酒脯。夫妇均西装。以三十金得一冠，上以红锦制玫瑰花，攒盘冠上。

颈际环明珠三四串，则秋光之母所遗也。胸前巨钻莹然，仍盘以白狐之腋。腕加金钏二，厥声琅琅。长裙仙仙然，黑发盘巨髻，藏于花冠之中。外加面幕。此时见人颇羞涩，而二颊微绛，美乃无度。珥亦以钻钳之，绿鬓朱颜，飘然如仙。

女伴如顾月城、卢眉峰、贝清澄亦盛服，然咸有妒色。男客则倪伯元、苏寅谷、吴子程三人而已。对天三鞠躬后，夫妇为礼，亦三鞠躬。则内向朝两家先灵，各三鞠躬。倪伯元及贝清澄，各进玫瑰一朵，加夫妇襟上。男客左列，女客右列。倪伯元读婚书，夫妇各署押。子穆读颂词。夫妇向客各三鞠躬。

客报礼。遂张绮席。

寅谷起而演说曰：

中华积习数千年，女子幽屏无几微之权力。婚姻大事也，遇人不淑，憾之终身。而父母不察，则强为之缔定。甚或以盖代之清才，绝世之仙姿，乃偶佣奴，无有伸眉之日。欧西主婚姻自由，中人斥为流弊。不知摧挫屈抑而沦弃终身善耶？或意气投洽和谐至老无间善耶？为虚礼局，则宜从前说；为实利言，则宜主变通。今日王先生雄、胡女士纫，从患难相知，以礼防自范，郎才女德，两两欣合。今日大礼告成，余祝君夫妇白头偕老，子子孙孙，永宣力于民国。

语已，众皆鼓掌。仲英起作答词曰：

雄不肖。金陵之役，舍命攻城，飞弹骤来，神魂丧失，晕于老柳之间。迨醒，则蒙胡女士为我看护，恩意周浃。则雄之所以得生者，均出女士之赐。始但感恩，初无求婚之念。及拜胡夫人于沪上，谬蒙恩允，不弃穷窗，因得隶身为胡氏之婿。深恐无学为门楣羞，惟有矢专一之诚，遂双栖之愿。蒙诸君相礼，为雄婚证。朋友之义，永志终身。

语已，众复鼓掌。礼成，以马车同归。六人送之门外。家具则侍者留身为之检拾。

至家已薄暮，桦烛荧煌。胡夫人病中亦强起梳掠，一女仆为之看护。夫人喘息坐于榻上。夫妇就榻前鞠躬者三。夫人出小盒，授仲英曰："王郎之于吾家，岂惟半子。后此胡家之事，兴衰全属王郎。此为老身四十年来居积之资，今上诸王郎。郎义重如山，必能为此衰宗植僵兴仆。此老身第一次所以托王郎者，即谓之末次之遗嘱亦可。"此时秋光泪下如绠。仲英亦悲不自胜。夫人喘息后，复言曰："今日尔夫妇理宜欢悦以慰我，奈何情动于中，不自遏抑？实则不如是，亦不见尔夫妇之念我。小郎在日，有先代遗留康熙窑胆瓶一对，近日欧人嗜此，不惜重资。王郎可出此市之西人，非三万余金不之售。夫妇得资后，可留学欧西。学成，不惟民国增上伟人，即子女亦得承其家学矣。趣陈合卺之宴，尔夫妇可饮于洞房之间。老身长斋，且复衰病，不汝与也。"

第二十九章　西归

十二月二十五日，清皇帝逊位。即日宣诏，颁行天下。而仲英夫妇自成礼后，日仆仆然侍夫人之疾。华医生适在沪，每日延之视疾。华先生言此非病也，澌也，无药足救。但能以温补之品，助兴元气，苟延时日而已。夫妇亦悉夫人年已七十有六，遂为部署身后之事。

二十七日宵中，胡夫人神息忽尔清醒，见仲英夫妇同坐榻下。秋光二目红晕，似新哭始止。夫人笑曰："蠢哉秋儿！吾年已近八十，以民军起事，恐土匪因而残龁，故避地此间。汝年已宜嫁，何事为老身牵缀。而翁薄宦，死时以尔见托。尔之世父，又先老身而去。尔虽为吾侄，而老身实无愧尔母。少时读书均老身指授。然尔聪明超于等伦，过目不忘，文字诗词，咸有凤慧，且慷慨蓄大志。吾恒惧尔不寿，即无意外之不幸，恐夫婿亦不能遂尔之怀。不图得友王郎，竟谐燕好。王郎根柢深厚，婉婉多情,汝终身之托得人矣。实告汝……"

此时忽大喘。仲英进参液。少啜,喘定,复续言曰:"实告汝,天下艳福,能撙节,则愈延长。过甜密,则立形短缩。以王郎风范,配尔仙姿,已极人间之选。异日出洋,阅山川风土,当于学问里用心,不当于燕婉中着意。吾年已老,质言非亵。忆尔母生时,风貌不减于尔。病瘵绵缀,而汝生甫三岁耳,举以托我,谓:'伯兄物化,嫂青年抱节,必有贞寿之征。吾女茌弱而聪明,即继以为子。异日婚嫁之事,悉嫂主之。'吾孀独无依,方就若父母于南康,而若翁又复捐馆。老身提携保抱,此十余年,可云辛艰至矣。"

语已,复喘,汗出如沈,二颊飞红,目光渐滞,但微微语曰:"王郎珍重。"溘然逝矣!夫妇号咷大哭。殡殓务从丰渥,遂择厝棺之地。时沪上商务亦渐复,人心略定,不如前之纷扰议北伐矣。

第三十章　寓词

此时仲英夫妇作计,应行者凡三事:一扶柩归金匮安葬;一觅华医生,代售双瓶;一夫妇归京师朝父,再决计留学。第二事,华医果为售于法人戈君,得四万元(法以佛郎折为银圆)。

时南北之议虽定,孙中山欲项城南下受事,众议欲立都于金陵。蒋小炎痛诋其谬。然项城飞电,慨允南来。而京师正月十二,乱兵大掳。十四日,天津复掠。保定至于焚掠一空。北人坚留项城坐镇人心,不听南下。即南中亦微微蠢动。仲英夫妇遂暂留沪上,时时同车出游。家居则瀹茗读书,极人生唱随之乐。

时孙中山逊位于项城。定新历二月十五日,率文武吏大祭明太祖于孝陵。军士数万，各国领事亦争集，观总统宣告光复。

读谒陵文，声调慨慷。一时盛事，传遍江南。

秋光笑曰："仲英，汝以为如何者？"仲英曰："明祖专制之君也。今中山主共和之政体，祭之何为？且徐达以克复江南，至前清时尚与曾国藩庙食于钟山。今克复金陵者谁耶！林述卿屏迹乡园矣。天下不平之事，至此已极。想孝陵之鬼知之，亦当齿冷。"秋光曰："仲英，汝谓让位出之至诚耶！"仲英曰："党人怏怏，后此祸机，正复难定。"秋光曰："近得述卿书乎？"仲英曰："述卿于腊底予我一书，言读书于江浒，颇自惬适。成功不居，大有学养。闻闽中为彭宠废乱，白昼杀人，想述卿决不能自安于乡井。"秋光曰："汝胡不报之以书？"

仲英曰："吾昨填一长调，将寄述卿于福州。因秋光词家，不放出诸怀袖。"秋光大笑曰："痴哉仲英！奈何外我。"仲英不得已出其词，调寄《大江东去》。词曰：

石头春半，又渐渐、看过颣红纤绿。往日金陵城下梦，一枕城头残角。乱戟叉门，战云摩帐，细把军书读。功成人远，但闻江上吹竹。闻说水巷湖田，将军归去，垂钓闽江曲。回首钟山龙虎气，戈马垂收江北。怎料春江，留人不住，镜里蒲帆促。只应通问，迩来多少诗束？

秋光击节叹赏曰："此词似稼轩，而音节又是南宋哑调。敛气归神，意内言外。想述公得之，将不胜英雄髀肉之悲矣！

商务印书馆1914年4月

沉 沦

郁达夫

一

他近来觉得孤冷得可怜。

他的早熟的性情，竟把他挤到与世人绝不相容的境地去，世人与他的中间介在的那一道屏障，愈筑愈高了。

天气一天一天的清凉起来，他的学校开学之后，已经快半个月了。那一天正是九月的二十二日。

晴天一碧，万里无云，终古常新的皎日，依旧在她的轨道上，一程一程的在那里行走。从南方吹来的微风，同醒酒的琼浆一般，带着一种香气，一阵阵的拂上面来。在黄苍未熟的稻田中间，在弯曲同白线似的乡间的官道上面，他一个人手里捧了一本六寸长的Wordsworth的诗集，尽在那里缓缓的独步。在这大平原内，四面并无人影；不知从何处飞来的一声两声的远吠声，悠悠扬扬的传到他耳膜上来。他眼睛离开了书，同做梦似的向有犬吠声的地方看去，但看见了一丛杂树，几处人家，同鱼鳞似的屋瓦上，有一层薄薄的蜃气楼，同轻纱似的，在那里飘荡。

"Oh, you serene gossamer! You beautiful gossamer!"

这样的叫了一声，他的眼睛里就涌出了两行清泪来，他自己也不知道是什么缘故。

呆呆的看了好久，他忽然觉得背上有一阵紫色的气息吹来，窸窣的一响，道旁的一枝小草，竟把他的梦境打破了，他回转头来一看，那枝小草还是颠摇不已，一阵带着紫罗兰气息的和风，温微微的喷到他那苍白的脸上来。在这清和的早秋的世界里，在这澄清透明的以太中，他的身体觉得同陶醉似的酥软起来。他好像是睡在慈母怀里的样子。他好像是梦到了桃花源里的样子。他好像是在南欧的海岸，躺在情人膝上，在那里贪午睡的样子。

他看看四边，觉得周围的草木，都在那里对他微笑。看看苍空，觉得悠久无穷的大自然，微微的在那里点头。一动也不动的向天看了一会，他觉得天空中，有一群小天神，背上插着了翅膀，肩上挂着了弓箭，在那里跳舞。他觉得乐极了。便不知不觉开了口，自言自语的说：

"这里就是你的避难所。世间的一般庸人都在那里妒忌你，轻笑你，愚弄你；只有这大自然，这终古常新的苍空皎日，这晚夏的微风，这初秋的清气，还是你的朋友，还是你的慈母，还是你的情人，你也不必再到世上去与那些轻薄的男女共处去，你就在这大自然的怀里，这纯朴的乡间终老了吧。"

这样的说了一遍，他觉得自家可怜起来，好像有万千哀怨，横亘在胸中，一口说不出来的样子。含了一双清泪，他的眼睛又看到他手里的书上去。

Behold her, single in the field,
You solitary Highland lass!
Reaping and singing by herself;
Stop here, or gently pass!
Alone she cuts and binds the grain,
And sings a melancholy strain;
Oh, listen! for the vale profound
Is overflowing with the sound.

看了这一节之后,他又忽然翻过一张来,脱头脱脑的看到那第三节去。

Will no one tell me what she sings?
Perhaps the plaintive numbers flow
For old, unhappy, far-off things,
And battle long ago:
Or is it some more humble lay,
Familiar matter of today?
Some natural sorrow, loss, or pain,
That has been, and may be again!

这也是他近来的一种习惯,看书的时候,并没有次序的。几百页的大书,更可不必说了,就是几十页的小册子,如爱美生的《自然论》(Emerson's *On Nature*),沙罗的《逍遥游》(Thoreau's

Excursion)之类,也没有完完全全从头至尾的读完一篇过。当他起初翻开一册书来看的时候,读了四行五行或一页二页,他每被那一本书感动,恨不得要一口气把那一本书吞下肚子里去的样子,到读了三页四页之后,他又生起一种怜惜的心来,他心里似乎说:

"像这样的奇书,不应该一口气就把它念完,要留着细细儿的咀嚼才好。一下子就念完了之后,我的热望也就不得不消灭,那时候我就没有好望,没有梦想了,怎么使得呢?"

他的脑里虽然有这样的想头,其实他的心里早有一些儿厌倦起来,到了这时候,他总把那本书收过一边,不再看下去。过几天或者过几个钟头之后,他又用了满腔的热忱,同初读那一本书的时候一样的,去读另外的书去;几日前或者几点钟前那样的感动他的那一本书,就不得不被他遗忘了。

放大了声音把渭迟渥斯的那两节诗读了一遍之后,他忽然想把这一首诗用中国文翻译出来。

《孤寂的高原刈稻者》。

他想想看,The solitary Highland reaper 诗题只有如此的译法。

你看那个女孩儿,她只一个人在田里,
你看那边的那个高原的女孩儿,她只一个人冷清清地!
她一边刈稻,一边在那儿唱着不已:
她忽儿停了,忽而又过去了,轻盈体态,风光细腻!
她一个人,刈了,又重把稻儿捆起,
她唱的山歌,颇有些儿悲凉的情味:
听呀听呀!这幽谷深深,

全充满了她的歌唱的清音。

有人能说否,她唱的究是什么?
或者她那万千的痴话
是唱着前代的哀歌,
或者是前朝的战事,千兵万马;
或者是些坊间的俗曲,
便是目前的家常闲说?
或者是些天然的哀怨,必然的丧苦,自然的悲楚,
这些事虽是过去的回思,将来想亦必有人指诉。

他一口气译了出来之后,忽又觉得无聊起来,便自嘲自骂的说:"这算是什么东西呀,岂不同教会里的赞美歌一样的乏味么?英国诗是英国诗,中国诗是中国诗,又何必译来对去呢!"

这样的说了一句,他不知不觉便微微儿的笑起来。向四边一看,太阳已经打斜了;大平原的彼岸,西边的地平线上,有一座高山,浮在那里,饱受了一天残照,山的周围酝酿成一层朦朦胧胧的岚气,反射出一种紫不紫红不红的颜色来。

他正在那里出神呆看的时候,喀的咳嗽了一声,他的背后忽然来了一个农夫。回头一看,他就把他脸上的笑容改装了一副忧郁的面色,好像他的笑容是怕被人看见的样子。

二

他的忧郁症愈闹愈甚了。

他觉得学校里的教科书,味同嚼蜡,毫无半点生趣。天气清

朗的时候，他每捧了一本爱读的文学书，跑到人迹罕至的山腰水畔，去贪那孤寂的深味去。在万籁俱寂的瞬间，在天水相映的地方，他看看草木虫鱼，看看白云碧落，便觉得自家是一个孤高傲世的贤人，一个超然独立的隐者。有时在山中遇着一个农夫，他便把自己当作了 Zarathustra，把 Zarathustra 所说的话，也在心里对那农夫讲了。他的 Megalomania 也同他的 Hypochondria 成了正比例，一天一天的增加起来。他竟有接连四五天不上学校去听讲的时候。

有时候到学校里去，他每觉得众人都在那里凝视他的样子。他避来避去想避他的同学，然而无论到了什么地方，他的同学的眼光，总好像怀了恶意，射在他的背脊上面。

上课的时候，他虽然坐在全班学生的中间，然而总觉得孤独得很；在稠人广众之中，感得的这种孤独，倒比一个人在冷清的地方，感得的那种孤独，还更难受。看看他的同学，一个个都是兴高采烈的在那里听先生的讲义，只有他一个人身体虽然坐在讲堂里头，心思却同飞云逝电一般，在那里作无边无际的空想。

好容易下课的钟声响了！先生退去之后，他的同学说笑的说笑，谈天的谈天，个个都同春来的燕雀似的，在那里作乐；只有他一个人锁了愁眉，舌根好像被千钧的巨石锤住的样子，兀的不作一声。他也很希望他的同学来对他讲些闲话，然而他的同学却都自家管自家的去寻欢乐去，一见了他那一副愁容，没有一个不抱头奔散的，因此他愈加怨他的同学了。

"他们都是日本人，他们都是我的仇敌，我总有一天来复仇，我总要复他们的仇。"

一到了悲愤的时候，他总这样的想的，然而到了安静之后，他又不得不嘲骂自家说：

"他们都是日本人,他们对你当然是没有同情的,因为你想得他们的同情,所以你怨他们,这岂不是你自家的错误吗?"

他的同学中的好事者,有时候也有人来向他说笑的,他心里虽然非常感激,想同那一个人谈几句知心的话,然而口中总说不出什么话来;所以有几个解他的意的人,也不得不同他疏远了。

他的同学日本人在那里欢笑的时候,他总疑他们是在那里笑他,他就一霎时的红起脸来。他们在那里谈天的时候,若有偶然看他一眼的人,他又忽然红起脸来,以为他们是在那里讲他。他同他同学中间的距离,一天一天的远背起来,他的同学都以为他是爱孤独的人,所以谁也不敢来近他的身。

有一天放课之后,他挟了书包,回到他的旅馆里来,有三个日本学生系同他同路的。将要到他寄寓的旅馆的时候,前面忽然来了两个穿红裙的女学生。在这一区市外的地方,从没有女学生看见的,所以他一见了这两个女子,呼吸就紧缩起来。他们四个人同那两个女子擦过的时候,他的三个日本人的同学都问她们说:

"你们上哪儿去?"

那两个女学生就作起娇声来回答说:

"不知道!"

"不知道!"

那三个日本学生都高笑起来,好像是很得意的样子;只有他一个人似乎是他自家同她们讲了话似的,害了羞,匆匆跑回旅馆里来。进了他自家的房,把书包用力的向席上一丢,他就在席上躺下了。他的胸前还在那里乱跳,用了一只手枕着头,一只手按着胸口,他便自嘲自骂的说:

"你这卑怯者!

"你既然怕羞,何以又要后悔?

"既要后悔,何以当时你又没有那样的胆量?不同她们去讲一句话?

"Oh, coward, coward!"

说到这里,他忽然想起刚才那两个女学生的眼波来了。

那两双活泼泼的眼睛!

那两双眼睛里,确有惊喜的意思含在里头。然而再仔细想了一想,他又忽然叫起来说:

"呆人呆人!她们虽有意思,与你有什么相干?她们所送的秋波,不是单送给那三个日本人的吗?唉!唉!她们已经知道了,已经知道我是支那人了,否则她们何以不来看我一眼呢!复仇复仇,我总要复她们的仇。"

说到这里,他那火热的颊上忽然滚了几颗冰冷的眼泪下来。他是伤心到极点了。这一天晚上,他记的日记说:

> 我何苦要到日本来,我何苦要求学问。既然到了日本,那自然不得不被他们日本人轻侮的。中国呀中国!你怎么不富强起来,我不能再隐忍过去了。
>
> 故乡岂不有明媚的山河,故乡岂不有如花的美女?我何苦要到这东海的岛国里来!
>
> 到日本来倒也罢了,我何苦又要进这该死的高等学校。他们留了五个月学回去的人,岂不在那里享荣华安乐吗?这五六年的岁月,教我怎么能挨得过去。受尽了千辛万苦,积了十数年的学识,我回国去,难道定能比他们来胡闹的留学生更强吗?

人生百岁，年少的时候，只有七八年的光景，这最纯最美的七八年，我就不得不在这无情的岛国里虚度过去，可怜我今年已经是二十一了。

槁木的二十一岁！

死灰的二十一岁！

我真还不如变了矿物质的好，我大约没有开花的日子了。

知识我也不要，名誉我也不要，我只要一个安慰我体谅我的"心"。一副白热的心肠！从这一副心肠里生出来的同情！从同情而来的爱情！

我所要求的就是爱情！

若有一个美人，能理解我的苦楚，她要我死，我也肯的。

若有一个妇人，无论她是美是丑，能真心真意的爱我，我也愿意为她死的。

我所要求的就是异性的爱情！

苍天哪苍天，我并不要知识，我并不要名誉，我也不要那些无用的金钱，你若能赐我一个伊甸园内的"伊扶"，使她的肉体与心灵，全归我有，我就心满意足了。

三

他的故乡，是富春江上的一个小市，去杭州水程不过八九十里。这一条江水，发源安徽，贯流全浙，江形曲折，风景常新，唐朝有一个诗人赞这条江水说"一川如画"。他十四岁的时候，请了一位先生写了这四个字，贴在他的书斋里，因为他的书斋的小窗，是朝着江面的。虽则这书斋结构不大，然而风雨晦明，春秋朝夕的风景，也还抵得过滕王高阁。在这小小的书斋里过了十几个春秋，他才跟了他的哥哥到日本来留学。

他三岁的时候就丧了父亲，那时候他家里困苦得不堪。好容易他长兄在日本W大学卒了业，回到北京，考了一个进士，分发在法部当差，不上两年，武昌的革命起来了。那时候他已在县立小学堂卒了业，正在那里换来换去的换中学堂。他家里的人都怪他无恒性，说他的心思太活；然而依他自己讲来，他以为他一个人同别的学生不同，不能按部就班的同他们同在一处求学的。所以他进了K府中学之后，不上半年又忽然转了H府中学来；在H府中学住了三个月，革命就起来了。H府中学停学之后，他依旧只能回到他那小小的书斋里来。第二年的春天，正是他十七岁的时候，他就进了大学的预科。这大学是在杭州城外，本来是美国长老会捐钱创办的，所以学校里浸润了一种专制的弊风，学生的自由，几乎被缩服得同针眼儿一般的小。礼拜三的晚上有什么祈祷会，礼拜日非但不准出去游玩，并且在家里看别的书也不准的，除了唱赞美诗祈祷之外，只许看新旧约书。每天早晨从九点钟到九点二十分，定要去做礼拜，不去做礼拜，就要扣分数记过。他虽然非常爱那学校近旁的山水景物，然而他的心里，总有些反抗的意思，因为他是一个爱自由的人，对那些迷信的管束，怎么也不甘心服从。住不上半年，那大学里的厨子，托了校长的势，竟打起学生来。学生中间有几个不服的，便去告诉校长，校长反说学生不是。他看看这些情形，实在是太无道理了，就立刻去告了退，仍复回家，到那小小的书斋里去，那时候已经是六月初了。

在家里住了三个多月，秋风吹到富春江上，两岸的绿树，就快凋落的时候，他又坐了帆船，下富春江，上杭州去。恰好那时候石牌楼的W中学正在那里招插班生，他进去见了校长M氏，把他的经历说给了M氏夫妻听，M氏就许他插入最高的班里去。这W中学原来也是一个教会学校，校长M氏，也是一个糊涂的美国宣教师，他看看这学校的内容倒比H大学不如了。与一位很卑鄙的教务长——原来这一位先生就是H大学的卒业生——闹了一场，第二年的春天，他就出来了。出了W中学，他看看杭州的学校，都不能如他的意，所以他就打算不再进别的学校去。

正是这个时候，他的长兄也在北京被人排斥了。原来他的长兄为人正直得很，在部里办事，铁面无私，并且比一般部内的人物又多了一些学识，所以部内上下，都忌惮他。有一天某次长的私人，来问他要一个位置，他执意不肯，因此次长就同他闹起意见来，过了几天他就辞了部里的职，改到司法界去做司法官去了。他的二兄那时候正在绍兴军队里做军官，这一位二兄军人习气颇深，挥金如土，专喜结交侠少。他们弟兄三人，到这时候都不能如意之所为，所以那一小市镇里的闲人都说他们的风水破了。

他回家之后，便镇日镇夜的蛰居在他那小小的书斋里。他父祖及他长兄所藏的书籍，就做了他的良师益友。他的日记上面，一天一天的记起诗来。有时候他也用了华丽的文章做起小说来，小说里就把他自己当作了一个多情的勇士，把他邻近的一家寡妇的两个女儿，当作了贵族的苗裔，把他故乡的风物，全编作了田园的情景；有兴的时候，他还把他自家的小说，用单纯的外国文翻译起来；他的幻想，愈演愈大了，他的忧郁病的根苗，大约也就在这时候培养成功的。

在家里住了半年，到了七月中旬，他接到他长兄的来信说：

"院内近有派予赴日本考察司法事务之意，予已许院长以东行，大约此事不日可见命令。渡日之先，拟返里小住。三弟居家，断非上策，此次当偕伊赴日本也。"

他接到了这一封信之后，心中日日盼他长兄南来，到了九月下旬，他的兄嫂才自北京到家。住了一月，他就同他的长兄长嫂同到日本去了。

到了日本之后，他的 dreams of the romantic age 尚未醒悟，模模糊糊的过了半载，他就考入了东京第一高等学校。这正是他十九岁的秋天。

第一高等学校将开学的时候，他的长兄接到了院长的命令，要他回去。他的长兄便把他寄托在一家日本人的家里，几天之后，他的长兄长嫂和他的新生的侄女儿就回国去了。

东京的第一高等学校里有一班预备班，是为中国学生特设的。

在这预科里预备一年，卒业之后，才能入各地高等学校的正科，与日本学生同学。他考入预科的时候，本来填的是文科，后来将在预科卒业的时候，他的长兄定要他改到医科去，他当时亦没有什么主见，就听了他长兄的话把文科改了。

预科卒业之后，他听说 N 市的高等学校是最新的，并且 N 市是日本产美人的地方，所以他就要求到 N 市的高等学校去。

四

他的二十岁的八月二十九日的晚上，他一个人从东京的中央车站乘了夜行车到 N 市去。

那一天大约刚是旧历的初三四的样子，同天鹅绒似的又蓝又紫的天空里，撒满了一天星斗。半痕新月，斜挂在西天角上，却似仙女的蛾眉，未加翠黛的样子。他一个人靠着了三等车的车窗，默默的在那里数窗外人家的灯火。火车在暗黑的夜气中间，一程一程的进去，那大都市的星星灯火，也一点一点的朦胧起来，他的胸中忽然生了万千哀感，他的眼睛里就忽然觉得热起来了。

"Sentimental, too sentimental!"

这样的叫一声，把眼睛揩了一下，他反而自家笑着自家来。

"你也没有情人留在东京，你也没有弟兄知己住在东京，你的眼泪究竟是为谁洒的呀！或者是对于你过去的生活的伤感，或者是对你二年间的生活的余情，然而你平时不是说不爱东京的吗？"

"唉，一年人住岂无情。"

"黄莺住久浑相识，欲别频啼四五声！"

胡思乱想的寻思了一会，他又忽然想到初次赴新大陆去的清教徒的身上去。

"那些十字架下的流人，离开他故乡海岸的时候，大约也是悲壮淋漓，同我一样的。"

火车过了横滨，他的感情方才渐渐儿的平静起来。呆呆的坐了一忽，他就取了一张明信片出来，垫在海涅（Heine）的诗集上，用铅笔写了一首诗寄他东京的朋友。

> 蛾眉月上柳梢初，又向天涯别故居，
> 四壁旗亭争赌酒，六街灯火远随车，
> 乱离年少无多泪，行李家贫只旧书，
> 后夜芦根秋水长，凭君南浦觅双鱼。

在朦胧的电灯光里,静悄悄的坐了一会,他又把海涅的诗集翻开来看了。

    Ledet wohl, ihr glatten Saale,
    Glatte Herren, glatte Frauen!
    Auf die Berge will ich steigen,
    Lachend auf euch niederschauen!
    Heine's *Harzreise*
    浮薄的尘寰,
    无情的男女,
    你看那隐隐的青山,
    我欲乘风飞去,
    且住且住,
    我将从那绝顶的高峰,
    笑看你终归何处。

    单调的轮声,一声声连连续续的飞到他的耳膜上来,不上三十分钟他竟被这催眠的车轮声引诱到梦幻的仙境里去了。

    早晨五点钟的时候,天空渐渐儿的明亮起来。在车窗里向外一望,他只见一线青天还被夜色包住在那里。探头出去一看,一层薄雾,笼罩着一幅天然的画图,他心里想了一想:

    "原来今天又是清秋的好天气,我的福分真可算不薄了。"

    过了一个钟头,火车就到了N市的停车场。

    下了火车,在车站上遇见了个日本学生;他看看那学生的制帽上也有两条白线,便知道他也是高等学校的学生。他走上前

去,对那学生脱了一脱帽,问他说:

"第×高等学校是在什么地方的?"

那学生回答说:

"我们一路去吧。"

他就跟了那学生跑出火车站来,在火车站的前头,乘了电车。

早晨还早得很,N市的店家都还未曾起来。他同那日本学生坐了电车,经过了几条冷清的街巷,就在鹤舞公园前面下了车。他问那日本学生说:

"学校还远得很吗?"

"还有二里多路。"

穿过了公园,走到稻田中间的细路上的时候,他看看太阳已经起来了,稻上的露滴,还同明珠似的挂在那里。前面有一丛树林,树林荫里,疏疏落落的看得见几椽农舍。有两三条烟囱筒子,突出在农舍的上面,隐隐约约的浮在清晨的空气里。一缕两缕的青烟,同炉香似的在那里浮动,他知道农家已在那里炊早饭了。

到学校近边的一家旅馆去一问,他一礼拜前头寄出的几件行李,早已经到在那里。原来那一家人家是住过中国留学生的,所以主人待他也很殷勤。在那一家旅馆里住下了之后,他觉得前途好像有许多欢乐在那里等他的样子。

他的前途的希望,在第一天的晚上,就不得不被目前的实情嘲弄了。原来他的故里,也是一个小小的市镇。到了东京之后,在人山人海的中间,他虽然时常觉得孤独,然而东京的都市生活,同他幼时的习惯尚无十分龃龉的地方。如今到了这N市的乡下之后,他的旅馆,是一家孤立的人家,四面并无邻舍,左首门外便是一条如发的大道,前后都是稻田,西面是一方池水,并且因为学校还没有开课，别的学生还没有到来，这一间宽旷的旅馆里，只住了他一个客人。白天倒还可以支吾过去，一到了晚上，他开窗一望，四面都是沉沉的黑影，并且因N市的附近是一大平原，所以望眼连天，四面并无遮障之处，远远里有一点灯火，明灭无常，森然有些鬼气。天花板里，又有许多虫鼠，窸窣的在那里争食。窗外有几株梧桐，微风动叶，咄咄的响得不已，因为他住在二层楼上，所以梧桐的叶战声，近在他的耳边。他觉得害怕起来，几乎要哭出来了。他对于都市的怀乡病（Nostalgia）从未有比那一晚更甚的。

学校开了课，他朋友也渐渐儿的多起来。感受性非常强烈的他的性情，也同天空大地丛林野水融和了。不上半年，他竟变成了一个大自然的宠儿，一刻也离不了那天然的野趣了。

他的学校是在N市外，刚才说过市的附近是一大平原，所以四边的地平线，界限广大得很。那时候日本的工业还没有十分发达，人口也还没有增加得同目下一样，所以他的学校的近边，还多是丛林空地，小阜低冈。除了几家与学生做买卖的文房具店及菜馆之外，附近并没有居民。荒野的人间，只有几家为学生设的旅馆，同晓天的星影似的，散缀在麦田瓜地的中央。晚饭毕后，披了黑呢的缦斗（斗篷），拿了爱读的书，在迟迟不落的夕照中间，散步逍遥，是非常快乐的。他的田园趣味，大约也是在这Idyllic Wanderings的中间养成的。

在生活竞争不十分猛烈，逍遥自在，同中古时代一样的时候；在风气纯良，不与市井小人同处，清闲雅淡的地方；过日子正如做梦一样。他到了N市之后，转瞬之间，已经有半年多了。

熏风日夜的吹来，草色渐渐儿的绿起来。旅馆近旁麦田里的麦穗，也一寸一寸的长起来了。草木虫鱼都化育起来，他的从始祖传来的苦闷也一日一日的增长起来，他每天早晨，在被窝里犯的罪恶，也一次一次的加起来了。

　　他本来是一个非常爱高尚洁净的人，然而一到了这邪念发生的时候，他的智力也无用了，他的良心也麻痹了，他从小服膺的"身体发肤不敢毁伤"的圣训，也不能顾全了。他犯了罪之后，每深自痛悔，切齿的说，下次总不再犯了，然而到了第二天的那个时候，种种幻想，又活泼泼的到他的眼前来。他平时所看见的"伊扶"的遗类，都赤裸裸的来引诱他。中年以后的妇人的形体，在他的脑里，比处女更有挑发他情动的地方。他苦闷一场，恶斗一场，终究不得不做她们的俘虏。这样的一次成了两次，两次之后，就成了习惯了。他犯罪之后，每到图书馆里去翻出医书来看，医书上都千篇一律的说，于身体最有害的就是这一种犯罪。从此之后，他的恐惧心也一天一天的增加起来了。有一天他不知道从什么地方得来的消息，好像是一本书上说，俄国近代文学的创设者 Gogol 也犯这一宗病，他到死竟没有改过来，他想到了郭歌里，心里就宽了一宽，因为这《死了的灵魂》的著者，也是同他一样的。然而这不过自家对自家的宽慰而已，他的胸里，总有一种非常的忧虑存在那里。

　　因为他是非常爱洁净的，所以他每天总要去洗澡一次，因为他是非常爱惜身体的，所以他每天总要去吃几个生鸡子和牛乳；然而他去洗澡或吃牛乳鸡子的时候，他总觉得惭愧得很，因为这都是他的犯罪的证据。

　　他觉得身体一天一天的衰弱起来，记忆力也一天一天的减退了。他觉得更加难受。学校的教科书，他渐渐的嫌恶起来，法国自然派的小说，和中国那几本有名的诲淫小说，他念了又念，几乎记熟了。

有时候他忽然做出一首好诗来，他自家便喜欢得非常，以为他的脑力还没有破坏。那时候他每对着自家起誓说：

"我的脑力还可以使得，还能做得出这样的诗，我以后绝不再犯罪了。过去的事实是没法，我以后总不再犯罪了。若从此自新，我的脑力，还是很可以的。"

然而一到了紧迫的时候，他的誓言又忘了。

每礼拜四五，或每月的二十六七的时候，他索性尽意的贪起欢来。他的心里想，自下礼拜一或下月初一起，我总不犯罪了。有时候正合到礼拜六或月底的晚上，去剃头洗澡去，以为这就是改过自新的记号，然而过几天他又不得不吃鸡子和牛乳了。

他的自责心同恐惧心，竟一日也不使他安闲，他的忧郁症也从此厉害起来了。这样的状态继续了一二个月，他的学校里就放了暑假，暑假的两个月内，他受的苦闷，更甚于平时；到了学校开课的时候，他的两颊的颧骨更高起来，他的青灰色的眼窝更大起来，他的一双灵活的瞳仁，变了同死鱼眼睛一样了。

五

秋天又到了。浩浩的苍空，一天一天的高起来。他的旅馆旁边的稻田，都带起黄金色来。朝夕的凉风，同刀也似的刺到人的心骨里去，大约秋冬的佳日，想来也不远了。

一礼拜前的有一天午后，他拿了一本 Wordsworth 的诗集，在田塍路上逍遥漫步了半天。从那一天以后，他的循环性的忧郁症，尚未离他的身边。前几天在路上遇着的那两个女学生，常在他的脑里，不使他安静，想起那一天的事情，他还是一个人要红起脸来。

他近来无论上什么地方去，总觉得有坐立难安的样子。他上学校去的时候，觉得他的日本同学都似在那里排斥他。他的几个中国同学，也许久不去寻访了，因为去寻访了回来，他心里反觉得空虚。因为他的几个中国同学，怎么也不能理解他的心理。他去寻访的时候，总想得些同情回来的，然而到了那里，谈了几句之后，他又不得不自悔寻访错了。有时候和朋友讲得投机，他就任了一时的热意，把他的内外的生活都对朋友讲了出来，然而到了归途，他又自悔失言，心里的责备，倒反比不去访友的时候，更加厉害。他的几个中国朋友，因此都说他是染了神经病了。他听了这话之后，对了那几个中国同学，也同对日本学生一样，起了一种复仇的心。他同他的几个中国同学，一日一日的疏远起来。嗣后虽在路上，或在学校里遇见的时候，他同那几个中国同学，也不点头招呼。中国留学生开会的时候，他当然是不去出席的。因此他同他的几个同胞，竟宛然成了两家仇敌。

他的中国同学的里边，也有一个很奇怪的人，因为他自家的结婚有些道德上的罪恶，所以他专喜讲人家的丑事，以掩己之不善，说他是神经病，也是这一位同学说的。

他交游离绝之后，孤冷得几乎到将死的地步，幸而他住的旅馆里，还有一个主人的女儿，可以牵引他的心，否则他真只能自杀了。他旅馆的主人的女儿，今年正是十七岁，长方的脸儿，眼睛大得很，笑起来的时候，面上有两颗笑靥，嘴里有一颗金牙看得出来，因为她自家觉得她自家的笑容是非常可爱，所以她平时常在那里弄笑。

他心里虽然非常爱她,然而她送饭来或来替他铺被的时候,他总装出一种兀不可犯的样子来。他心里虽想对她讲几句话,然而一见了她,他总不能开口。她进他房里来的时候,他的呼吸竟急促到吐气不出的地步。他在她的面前实在是受苦不起了,所以近来她进他的房里来的时候,他每不得不跑出房外去。然而他思慕她的心情,却一天一天的浓厚起来。有一天礼拜六的晚上,旅馆里的学生,都上N市去行乐去了。他因为经济困难,所以吃了晚饭,上西面池上去走了一回,就回到旅舍里来枯坐。

回家来坐了一会,他觉得那空旷的二层楼上,只有他一个人在家。静悄悄的坐了半响,坐得不耐烦起来的时候,他又想跑出外面去。然而要跑出外面去,不得不由主人的房门口经过,因为主人和他女儿的房,就在大门的边上。他记得刚才进来的时候,主人和他的女儿正在那里吃饭。他一想到经过她面前的时候的苦楚,就把跑出外面去的心思丢了。

拿出了一本G. Gissing的小说来读了三四页之后,静寂的空气里,忽然传了几声刹刹的泼水声音过来。他静静儿的听了一听,呼吸又一霎时的急了起来,面色也涨红了。迟疑了一会,他就轻轻的开了房门,拖鞋也不脱,幽脚幽手的走下扶梯去。轻轻的开了便所的门,他尽兀自的站在便所的玻璃窗口偷看。原来他旅馆里的浴室,就在便所的间壁,从便所的玻璃窗看去,浴室里的动静了了可见。他起初以为看一看就可以走的,然而到了一看之后,他竟同被钉子钉住的一样,动也不能动了。

那一双雪样的乳峰!

那一双肥白的大腿!

这全身的曲线!

呼气也不呼，仔仔细细的看了一会，他面上的筋肉，都发起痉挛来了。愈看愈颤得厉害，他那发颤的前额部竟同玻璃窗冲击了一下。被蒸汽包住的那赤裸裸的"伊扶"便发了娇声问说：

"是谁呀？……"

他一声也不响，急忙跳出了便所，就三脚两步的跑上楼上去了。

他跑到了房里，面上同火烧的一样，口也干渴了。一边他自家打自家的嘴巴，一边就把他的被卧拿出来睡了。他在被卧里翻来覆去，总睡不着，便立起了两耳，听起楼下的动静来。他听听泼水的声音也息了，浴室的门开了之后，他听见她的脚步声好像是走上楼来的样子。用被包着了头，他心里的耳朵明明告诉他说：

"她已经立在门外了。"

他觉得全身的血液，都在往上奔注的样子。心里怕得非常，羞得非常，也喜欢得非常。然而若有人问他，他无论如何，总不肯承认说，这时候他是喜欢的。

他屏住了气息，尖着了两耳听了一会，觉得门外并无动静，又故意咳嗽了一声，门外亦无声响。他正在那里疑惑的时候，忽听见她的声音，在楼下同她的父亲在那里说话。他手里捏了一把冷汗，拼命想听出她的话来，然而无论如何总听不清楚。停了一会，她的父亲高声笑了起来，他把被蒙头的一罩，咬紧了牙齿说：

"她告诉了他了！她告诉了他了！"

这一天的晚上他一睡也不曾睡着。第二天的早晨，天亮的时候，他就惊心吊胆的走下楼来。洗了手面，刷了牙，趁主人和他的女儿还没有起来之先，他就同逃也似的出了那个旅馆，跑到外面来。

官道上的沙尘，染了朝露，还未曾干着。太阳已经起来了。

他不问皂白,便一直的往东走去。远远有一个农夫,拖了一车野菜慢慢的走来。那农民同他擦过的时候,忽然对他说:

"你早啊!"

他倒惊了一跳,那清瘦的脸上,又起了一层红潮,胸前又乱跳起来,他心里想:

"难道这农夫也知道了吗?"

无头无脑的跑了好久,他回转头来看看他的学校,已经远得很了,举头看看,太阳也升高了。他摸摸表看,那银饼大的表,也不在身边。从太阳的角度看起来,大约已经是九点钟前后的样子。他虽然觉得饥饿得很,然而无论如何,总不愿意再回到那旅馆里去,同主人和他的女儿相见。想去买些零食充一充饥,然而他摸摸自家的袋看,袋里只剩了一角二分钱在那里。他到一家乡下的杂货店内,尽那一角二分钱,买了些零碎的食物,想去寻一处无人看见的地方去吃。走到了一处两路交叉的十字路口,他朝南一望,只见与他的去路横交的那一条自北趋南的路上,行人稀少得很。那一条路是向南的斜低下去的,两面更有高壁在那里,他知道这路是从一条小山中开辟出来的。他刚才走来的那条大道,便是这山的岭脊,十字路当作了中心,与岭脊上的那条大道相交的横路,是两边低斜下去的。在十字路口迟疑了一会,他就取了那一条向南斜下的路走去。走尽了两面的高壁,他的去路就穿入大平原去,直通到彼岸的市内。平原的彼岸有一簇深林,划在碧空的心里,他心里想:

"这大约就是A神宫了。"

他走尽了两面的高壁,向左手斜面上一望,见沿高壁的那山面上有一道女墙,围住着几间茅舍,茅舍的门上悬着了"香雪海"三字的一方匾额。他离开了正路，走上几步，到那女墙的门前，顺手的向门一推，那两扇柴门竟自开了。他就随随便便的踏了进去。门内有一条曲径，自门口通过了斜面，直达到山上去的。曲径的两旁，有许多老苍的梅树种在那里，他知道这就是梅林了。顺了那一条曲径，往北的从斜面上走到山顶的时候，一片同图画似的平地，展开在他的眼前。这园自从山脚上起，跨有朝南的半山斜面，同顶上的一块平地，布置得非常幽雅。

山顶平地的西面是千仞的绝壁，与隔岸的绝壁相对峙，两壁的中间，便是他刚走过的那一条自北趋南的通路。背临着那绝壁，有一间楼屋，几间平屋造在那里。因为这几间屋，门窗都闭在那里，他所以知道这定是为梅花开日，卖酒食用的。楼屋的前面，有一块草地，草地中间，有几方白石，围成了一个花园，圈子里，卧着一枝老梅，那草地的南尽头，山顶的平地正要向南斜下去的地方，有一块石碑立在那里，系记这梅林的历史的。他在碑前的草地上坐下之后，就把买来的零食拿出来吃了。

吃了之后，他兀兀的在草地上坐了一会。四面并无人声，远远的树枝上，时有一声两声的鸟鸣声飞来。他仰起头来看看澄清的碧落，同那皎洁的日轮，觉得四面的树枝房屋，小草飞禽，都一样的在和平的太阳光里，受大自然的化育。他那昨天晚上的犯罪的记忆，正同远海的帆影一般，不知消失到哪里去了。

这梅林的平地上和斜面上，叉来叉去的曲径很多。他站起来走来走去的走了一会，方晓得斜面上梅树的中间，更有一间平屋造在那里。从这一间房屋往东的走去几步，有眼古井，埋在松叶堆中。他摇摇井上的唧筒看，呷呷的响了几声，却抽不起水来。他心里想：

"这园大约只有梅花开的时候,开放一下,平时总没有人住的。"

想到这里他又自言自语的说:

"既然空在这里,我何妨去向园主人去借住借住。"

想定了主意,他就跑下山来,打算去寻园主人去。他将走到门口的时候,恰好遇见了一个五十来岁的农夫走进园来。他对那农夫道歉之后,就问他说:

"这园是谁的,你可知道?"

"这园是我经管的。"

"你住在什么地方的?"

"我住在路的那面。"

一边这样的说,一边那农民指着通路西边的一间小屋给他看。他向西一看,果然在西边的高壁尽头的地方,有一间小屋在那里。他点了点头,又问说:

"你可以把园内的那间楼屋租给我住住吗?"

"可是可以的,你只一个人吗?"

"我只一个人。"

"那你可不必搬来的。"

"这是什么缘故呢?"

"你们学校里的学生,已经有几次搬来过了,大约都因为冷静不过,住不上十天,就搬走的。"

"我可同别人不同,你但能租给我,我是不怕冷静的。"

"这样哪里有不租的道理,你想什么时候搬来?"

"就是今天午后吧。"

"可以的,可以的。"

"请你就替我扫一扫干净,免得搬来之后着忙。"

"可以可以。再会!"

"再会!"

六

搬进了山上梅园之后,他的忧郁症又变起形状来了。

他同他的北京的长兄,为了一些儿细事,竟生起龃龉来。他发了一封长长的信,寄到北京,同他的长兄绝了交。

那一封信发出之后,他呆呆的在楼前草地上想了许多时候。他自家想想看,他便是世界上最不幸的人了。其实这一次的决裂,是发始于他的。同室操戈,事更甚于他姓之相争,自此之后,他恨他的长兄竟同蛇蝎一样,他被他人欺侮的时候,每把他长兄拿出来作比:

"自家的弟兄,尚且如此,何况他人呢!"

他每达到这一个结论的时候,必尽把他长兄待他苛刻的事情,细细回想出来。把各种过去的事迹,列举出来之后,就把他长兄判决是一个恶人,他自家是一个善人。他又把自家的好处列举出来,把他所受的苦处,夸大的细数起来。他证明得自家是一个世界上最苦的人的时候,他的眼泪就同瀑布似的流下来。他在那里哭的时候,空中好像有一种柔和的声音在对他说:

"啊呀,哭的是你吗?那真是冤屈了你了。像你这样的善人,受世人的那样的虐待,这可真是冤屈了你了。罢了罢了,这也是天命,你别再哭了,怕伤害了你的身体!"

他心里一听到这一种声音,就舒畅起来。他觉得悲苦的中间,也有无穷的甘味在那里。

他因为想复他长兄的仇，所以就把所学的医科丢弃了，改入文科里去，他的意思，以为医科是他长兄要他改的，仍旧改回文科，就是对他长兄宣战的一种明示。并且他由医科改入文科，在高等学校需迟卒业一年。他心里想，迟卒业一年，就是早死一岁，你若因此迟了一年，就到死可以对你长兄含一种敌意。因为他恐怕一二年之后，他们兄弟两人的感情，仍旧要和好起来；所以这一次的转科，便是帮他永久敌视他长兄的一个手段。

气候渐渐儿的寒冷起来，他搬上山来之后，已经有一个月了，几日来天气阴郁，灰色的层云，天天挂在空中。寒冷的北风吹来的时候，梅林的树叶，每窸窣窸窣的飞掉下来。

初搬来的时候，他卖了些旧书，买了许多炊饭的器具，自家烧了一个月饭，因为天冷了，他也懒得烧了。他每天的伙食，就一切包给了山脚下的园丁家包办，所以他近来只同退院的闲僧一样，除了怨人骂己之外，更没有别的事情了。

有一天早晨，他侵早的起来，把朝东的窗门开了之后，他看见前面的地平线上有几缕红云，在那里浮荡。东天半角，反照出一种银红的灰色。因为昨天下了一天微雨，所以他看了这清新的旭日，比平日更添了几分欢喜。他走到山的斜面上，从那古井里汲了水，洗了手面之后，觉得满身的气力，一霎时都回复了转来的样子。他便跑上楼去，拿了一本黄仲则的诗集下来，一边高声朗读，一边尽在那梅林的曲径里，跑来跑去的跑圈子。不多一会，太阳起来了。

从他住的山顶向南方看去，眼下看得出一大平原。平原里的稻田，都尚未收割起。金黄的谷色，以绀碧的天空作了背景，反映着一天太阳的晨光，那风景正同看密来（Millet）的田园清画一般。他觉得自家好像已经变了几千年前的原始基督教徒的样子,对了这自然的默示,他不觉笑起自家的气量狭小起来。

"饶赦了!饶赦了!你们世人得罪于我的地方,我都饶赦了你们吧,来,你们来,都来同我讲和吧!"

手里拿着了那一本诗集,眼里浮着了两泓清泪,正对了那平原的秋色,呆呆的立在那里想这些事情的时候,他忽听见他的近边,有两人在那里低声的说:

"今晚上你一定要来的哩!"

这分明是男子的声音。

"我是非常想来的,但是恐怕……"

他听了这娇滴滴的女子的声音之后,好像是被电气贯穿了的样子,觉得自家的血液循环都停止了。原来他的身边有一丛长大的苇草生在那里,他立在苇草的右面,那一对男女,大约是在苇草的左面,所以他们两个还不晓得隔着苇草,有人站在那里。那男人又说:

"你心真好,请你今晚上来吧,我们到如今还没在被窝里睡过觉。"

…………

他忽然听见两人的嘴唇,灼灼的好像在那里吮吸的样子。他同偷了食的野狗一样,就惊心吊胆的把身子屈倒去听了。

"你去死吧,你去死吧,你怎么会下流到这样的地步!"

他心里虽然如此的在那里痛骂自己,然而他那一双尖着的耳朵,却一言半语也不愿意遗漏,用了全副精神在那里听着。

地上的落叶窸窣窸窣的响了一下。

解衣带的声音。

男人咝咝的吐了几口气。

舌尖吮吸的声音。

女人半轻半重,断断续续的说:

"你!……你!……你快……快××吧。……别……别……别被人……被人看见了。"

他的面色,一霎时的变了灰色了。他的眼睛同火也似的红了起来。他的上颚骨同下颌骨呷呷的发起颤来。他再也站不住了。他想跑开去,但是他的两只脚,总不听他的话。他苦闷了一场,听听两人出去了之后,就同落水的猫狗一样,回到楼上房里去,拿出被卧来睡了。

七

他饭也不吃,一直在被窝里睡到午后四点钟的时候才起来。那时候夕阳洒满了远近。平原的彼岸的树林里,有一带苍烟,悠悠扬扬的笼罩在那里。他跟跟跄跄的走下了山,上了那一条自北趋南的大道,穿过了那平原,无头无绪的尽是向南的走去。走尽了平原,他已经到了神宫前的电车停留处了。那时候恰好从南面有一乘电车到来,他不知不觉就跳了上去,既不知道他究竟为什么要乘电车,也不知道这电车是往什么地方去的。

走了十五六分钟,电车停了,开车的教他换车,他就换了一乘车。走了二三十分钟,电车又停了,他听见说是终点了,他就走了下来。他的前面就是筑港了。

前面一片汪洋的大海,横在午后的太阳光里,在那里微笑。超海而南有一发青山,隐隐的浮在透明的空气里,西边是一脉长堤,直驰到海湾的心里去。堤外有一处灯台,同巨人似的,立在那里。几艘空船和几只舢板,轻轻的在系着的地方浮荡。海中近岸的地方,有许多浮标,饱受了斜阳,红红的浮在那里。远处风来,带着几句单调的话声,既听不清楚是什么话,也不知道是从哪里来的。

他在岸边上走来走去走了一会,忽听见那一边传过了一阵击磬的声来。他跑过去一看,原来是为唤渡船而发的。他立了一会,看有一只小火轮从对岸过来了。跟着了一个四五十岁的工人,他也进了那只小火轮去坐下了。

渡到东岸之后,上前走了几步,他看见靠岸有一家大庄子在那里。大门开得很大,庭内的假山花草,布置得楚楚可爱。他不问是非,就跛了进去。走不上几步,忽听得前面家中有女人的娇声叫他说:

"请进来呀!"

他不觉惊了一下,就呆呆的站住了。他心里想:

"这大约就是卖酒食的人家,但是我听见说,这样的地方,总有妓女在那里的。"

一想到这里,他的精神就抖擞起来,好像是一桶冷水浇上身来的样子。他的面色立时变了。要想进去又不能进去,要想出来又不得出来;可怜他那同兔儿似的小胆,同猿猴似的淫心,竟把他陷到一个大大的难境里去了。

"进来吓!请进来吓!"里面又娇滴滴的叫了起来,带着笑声。

"可恶东西,你们竟敢欺我胆小吗?"

这样的怒了一下,他的面色更同火也似的烧了起来。咬紧了牙齿,把脚在地上轻轻的蹬了一蹬,他就捏了两个拳头,向前进去,好像是对了那几个年轻的侍女宣战的样子。但是他那青一阵红一阵的面色,和他的面上的微微儿在那里震动的筋肉,总隐藏不过。他走到那几个侍女的面前的时候,几乎要同小孩似的哭出来了。

"请上来!"

"请上来!"

他硬了头皮,跟了一个十七八岁的侍女走上楼去,那时候他的精神已经有些镇静下来了。走了几步,经过一条暗暗的夹道的时候,一阵恼人的花粉香气,同日本女人特有的一种肉的香味,和头发上的香油气息合作了一处,哼的扑上他的鼻孔来。他立刻觉得头晕起来,眼睛里看见了几颗火星,向后边跌也似的退了一步。他再定睛一看,只见他的前面黑暗暗的中间,有一长圆形的女人的粉面,堆着了微笑,在那里问他说:

"你!你还是上靠海的地方呢,还是怎样?"

他觉得女人口里吐出来的气息,也热和和的喷上他的面来。他不知不觉把这气息深深的吸了一口。他的意识,感觉到他这行为的时候,他的面色又立刻红了起来。他不得已只能含含糊糊的答应她说:

"上靠海的房间里去。"

进了一间靠海的小房间,那侍女便问他要什么菜。他就回答说:

"随便拿几样来吧。"

"酒要不要?"

"要的。"

那侍女出去之后,他就站起来推开了纸窗,从外边放了一阵空气进来。因为房里的空气,沉浊得很,他刚才在夹道中闻过的那一阵女人的香味,还剩在那里,他实在是被这一阵气味压迫不过了。

一湾大海,静静的浮在他的面前。外边好像是起了微风的样子,一片一片的海浪,受了阳光的反照,同金鱼的鱼鳞似的,在那里微动。他立在窗前看了一会,低声的吟了一句诗出来:

"夕阳红上海边楼。"

他向西的一望,见太阳离西南的地平线只有一丈多高了。呆呆的看了一会,他的心思怎么也离不开刚才的那个侍女。她的口里的头上的面上的和身体上的那一种香味,怎么也不容他的心思去想别的东西。他才知道他想吟诗的心是假的,想女人的肉体的心是真的了。

停了一会,那侍女把酒菜搬了进来,跪坐在他的面前,亲亲热热的替他上酒。他心里想仔仔细细的看她一看,把他的心里的苦闷都告诉了她,然而他的眼睛怎么也不敢平视她一眼,他的舌根怎么也不能摇动一摇动。他不过同哑子一样,偷看看她那搁在膝上一双纤嫩的白手,同衣缝里露出来的一条粉红的围裙角。

原来日本的妇人都不穿裤子,身上贴肉只围着一条短短的围裙。外边就是一件长袖的衣服,衣服上也没有纽扣,腰里只缚着一条一尺多宽的带子,后面结着一个方结。她们走路的时候,前面的衣服每一步一步的掀开来,所以红色的围裙,同肥白的腿肉,每能偷看。这是日本女子特别的美处;他在路上遇见女子的时候,注意的就是这些地方。他切齿的痛骂自己,畜生!狗贼!卑怯的人!也便是这个时候。

他看了那侍女的围裙角,心头便乱跳起来。愈想同她说话,但愈觉得讲不出话来。大约那侍女是看得不耐烦起来了,便轻轻的问他说：

"你府上是什么地方？"

一听了这一句话，他那清瘦苍白的面上，又起了一层红色；含含糊糊的回答了一声，他讷讷的总说不出清晰的回话来。可怜他又站在断头台上了。

原来日本人轻视中国人，同我们轻视猪狗一样。日本人都叫中国人作"支那人"，这"支那人"三字，在日本，比我们骂人的"贱贼"还更难听，如今在一个如花的少女前头，他不得不自认说"我是支那人"了。

"中国呀中国，你怎么不强大起来！"

他全身发起抖来，他的眼泪又快滚下来了。

那侍女看他发颤发得厉害，就想让他一个人在那里喝酒，好教他把精神安镇安镇，所以对他说：

"酒就快没有了，我再去拿一瓶来吧？"

停了一会他听得那侍女的脚步声又走上楼来。他以为她是上他这里来的，所以就把衣服整了一整，姿势改了一改。但是他被她欺骗了。她原来是领了两三个另外的客人，上间壁的那一间房间里去的。那两三个客人都在那里对那侍女取笑，那侍女也娇滴滴的说：

"别胡闹了，间壁还有客人在那里。"

他听了就立刻发起怒来。他心里骂他们说：

"狗才！俗物！你们都敢来欺侮我吗？复仇复仇，我总要复你们的仇。世间哪里有真心的女子！那侍女的负心东西，你竟敢把我丢了吗？罢了罢了，我再也不爱女人了，我再也不爱女人了。我就爱我的祖国，我就把我的祖国当作了情人吧。"

他马上就想跑回去发愤用功。但是他的心里,却很羡慕那间壁的几个俗物。他的心里,还有一处地方在那里盼望那个侍女再回到他这里来。

他按住了怒,默默的喝干了几杯酒,觉得身上热起来。打开了窗门,他看太阳就快要下山去了。又连饮了几杯,他觉得他面前的海景都朦胧起来。西面堤外的灯台的黑影,长大了许多。一层茫茫的薄雾,把海天融混作了一处。在这一层混沌不明的薄纱影里,西方的将落不落的太阳,好像在那里惜别的样子。他看了一会,不知道是什么缘故,只觉得好笑。呵呵的笑了一回,他用手擦擦自家那火热的双颊,便自言自语的说:

"醉了醉了!"

那侍女果然进来了。见他红了脸,立在窗口在那里痴笑,便问他说:

"窗开了这样大,你不冷的吗?"

"不冷不冷,这样好的落照,谁舍得不看呢?"

"你真是一个诗人哪!酒拿来了。"

"诗人!我本来是一个诗人。你去把纸笔拿了来,我马上写首诗给你看看。"

那侍女出去了之后,他自家觉得奇怪起来。他心里想:

"我怎么会变了这样大胆的?"

痛饮了几杯新拿来的热酒,他更觉得快活起来,又禁不得呵呵笑了一阵。他听见间壁房间里的那几个俗物,高声的唱起日本歌来,他也放大了嗓子唱着说:

醉拍栏杆酒意寒,江湖寥落又冬残,

剧怜鹦鹉中州骨，未拜长沙太傅官，
　　一饭千金图报易，几人五噫出关难，
　　茫茫烟水回头望，也为神州泪暗弹。

高声的念了几遍，他就在席上醉倒了。

八

一醉醒来，他看看自家睡在一条红绸的被里，被上有一种奇怪的香气。这一间房间也不很大，但已不是白天的那一间房间了。房中挂着一盏十烛光的电灯，枕头边上摆着了一壶茶，两只杯子。他倒了二三杯茶，喝了之后，就跟跟跄跄的走到房外去。他开了门，恰好白天的那侍女也跑过来了。她问他说：

"你！你醒了吗？"

他点了一点头，笑微微的回答说：

"醒了。便所是在什么地方的？"

"我领你去吧。"

他就跟了她去。他走过日间的那条夹道的时候，电灯点得明亮得很。远近有许多歌唱的声音，三弦的声音，大笑的声音传到他耳朵里来。白天的情节，他都想出来了。一想到酒醉之后，他对那侍女说的那些话的时候，他觉得面上又发起烧来。

从厕所回到房里之后，他问那侍女说：

"这被是你的吗？"

侍女笑着说：

"是的。"

"现在是什么时候了？"

"大约是八点四五十分的样子。"

"你去开了账来吧!"

"是。"

他付清了账,又拿了一张纸币给那侍女,他的手不觉微颤起来。那侍女说:"我是不要的。"

他知道她是嫌少了。他的面色又涨红了,袋里摸来摸去,只有一张纸币了,他就拿了出来给她说:

"你别嫌少了,请你收了吧。"

他的手震动得更加厉害,他的话声也颤动起来了。那侍女对他看了一眼,就低声的说:

"谢谢!"

他一直的跑下了楼,套上了皮鞋,就走到外面来。

外面冷得非常,这一天大约是旧历的初八九的样子。半轮寒月,高挂在天空的左半边。淡青的圆形天盖里,也有几点疏星,散在那里。

他在海边上走了一回,看看远岸的渔灯,同鬼火似的在那里招引他。细浪中间,映着了银色的月光,好像是山鬼的眼波,在那里开闭的样子。不知是什么道理,他忽想跳入海里去死了。

他摸摸身边看,乘电车的钱也没有了。想想白天的事情看,他又不得不痛骂自己。

"我怎么会走上那样的地方去的?我已经变了一个最下等的人了。悔也无及,悔也无及。我就在这里死了吧。我所求的爱情,大约是求不到的了。没有爱情的生涯,岂不同死灰一样吗?唉,这干燥的生涯,这干燥的生涯,世上的人又都在那里仇视我,欺侮我,连我自家的亲弟兄,自家的手足,都在那里排挤我到这世界外去。我将何以为生,我又何必生存在这多苦的世界里呢!"

想到这里,他的眼泪就连连续续的滴了下来。他那灰白的面色,竟同死人没有分别了。他也不举起手来揩揩眼泪,月光射到他的面上,两条泪线,倒变了叶上的朝露一样放起光来。他回转头来,看看他自家的又瘦又长的影子,就觉得心痛起来。

"可怜你这清影,跟了我二十一年,如今这大海就是你的葬身地了,我的身子,虽然被人家欺辱,我可不该累你也瘦弱到这步田地的。影子呀影子,你饶了我吧!"

他向西面一看,那灯台的光,一霎变了红一霎变了绿的在那里尽它的本职。那绿的光射到海面上的时候,海面就现出一条淡青的路来。再向西天一看,他只见西方青苍苍的天底下,有一颗明星,在那里摇动。

"那一颗摇摇不定的明星的底下,就是我的故国。也就是我的生地。我在那一颗星的底下,也曾送过十八个秋冬,我的乡土啊,我如今再也不能见你的面了。"

他一边走着,一边尽在那里自伤自悼的想这些伤心的哀话。

走了一会,再向那西方的明星看了一眼,他的眼泪便同骤雨似的落下来了。他觉得四边的景物,都模糊起来。把眼泪揩了一下,立住了脚,长叹了一声,他便断断续续的说:

"祖国呀祖国!我的死是你害我的!

"你快富起来!强起来吧!

"你还有许多儿女在那里受苦呢!"

上海泰东图书局1921年10月

阿Q正传

鲁　迅

第一章　序

我要给阿Q做正传,已经不止一两年了。但一面要做,一面又往回想,这足见我不是一个"立言"的人,因为从来不朽之笔,须传不朽之人,于是人以文传,文以人传——究竟谁靠谁传,渐渐的不甚了然起来,而终于归结到传阿Q,仿佛思想里有鬼似的。

然而要做这一篇速朽的文章,才下笔,便感到万分的困难了。第一是文章的名目。孔子曰,"名不正则言不顺"。这原是应该极注意的。传的名目很繁多:列传,自传,内传,外传,别传,家传,小传……,而可惜都不合。"列传"么,这一篇并非和许多阔人排在"正史"里;"自传"么,我又并非就是阿Q。说是"外传","内传"在那里呢?倘用"内传",阿Q又决不是神仙。"别传"呢,阿Q实在未曾有大总统上谕宣付国史馆立"本传"——虽说英国正史上并无"博徒列传",而文豪迭更司也做过《博徒别传》这一部书,但文豪则可,在我辈却不可的。其次是"家传",则我既不知与阿Q是否同宗,也未曾受他子孙的拜托;或"小传",则阿Q又更无别的"大传"了。总而言之,这一篇也便是"本传",但从我的文章着想,因为文体卑下,是"引车卖浆者流"所用的话,所以不敢僭称,便从不入三教九流的小说家所谓"闲话休题言归正传"这一句套话里,取出"正传"两个字来,作为名目,即使与古人所撰《书法正传》的"正传"字面上很相混,也顾不得了。

第二,立传的通例,开首大抵该是"某,字某,某地人也",而我并不知道阿Q姓什么。有一回,他似乎是姓赵,但第二日便模糊了。那是赵太爷的儿子进了秀才的时候,锣声镗镗的报到村里来,阿Q正喝了两碗黄酒,便手舞足蹈的说,这于他也很光采,因为他和赵太爷原来是本家,细细的排起来他还比秀才长三辈呢。其时几个旁听人倒也肃然的有些起敬了。那知道第二天,地保便叫阿Q到赵太爷家里去;太爷一见,满脸溅朱,喝道:

"阿Q,你这浑小子!你说我是你的本家么?"

阿Q不开口。

赵太爷愈看愈生气了,抢进几步说:"你敢胡说!我怎么会有你这样的本家?你姓赵么?"

阿Q不开口,想往后退了;赵太爷跳过去,给了他一个嘴巴。

"你怎么会姓赵!——你那里配姓赵!"

阿Q并没有抗辩他确凿姓赵,只用手摸着左颊,和地保退出去了；外面又被地保训斥了一番，谢了地保二百文酒钱。知道的人都说阿Q太荒唐，自己去招打；他大约未必姓赵，即使真姓赵，有赵太爷在这里，也不该如此胡说的。此后便再没有人提起他的氏族来，所以我终于不知道阿Q究竟什么姓。

第三，我又不知道阿Q的名字是怎么写的。他活着的时候，人都叫他阿Quei，死了以后，便没有一个人再叫阿Quei了，那里还会有"著之竹帛"的事。若论"著之竹帛"，这篇文章要算第一次，所以先遇着了这第一个难关。我曾经仔细想：阿Quei，阿桂还是阿贵呢？倘使他号叫月亭，或者在八月间做过生日，那一定是阿桂了；而他既没有号——也许有号，只是没有人知道他，——又未尝散过生日征文的帖子：写作阿桂，是武断的。又倘使他有一位老兄或令弟叫阿富，那一定是阿贵了；而他又只是一个人：写作阿贵，也没有佐证的。其余音Quei的偏僻字样，更加凑不上了。先前，我也曾问过赵太爷的儿子茂才先生，谁料博雅如此公，竟也茫然，但据结论说，是因为陈独秀办了《新青年》提倡洋字，所以国粹沦亡，无可查考了。我的最后的手段，只有托一个同乡去查阿Q犯事的案卷，八个月之后才有回信，说案卷里并无与阿Quei的声音相近的人。我虽不知道是真没有，还是没有查，然而也再没有别的方法了。生怕注音字母还未通行，只好用了"洋字"，照英国流行的拼法写他为阿Quei，略作阿Q。这近于盲从《新青年》，自己也很抱歉，但茂才公尚且不知，我还有什么好办法呢。

第四，是阿Q的籍贯了。倘他姓赵，则据现在好称郡望的老例，可以照《郡名百家姓》上的注解，说是"陇西天水人也"，但可惜这姓是不甚可靠的，因此籍贯也就有些决不定。他虽然多住未庄,然而也常常宿在别处,不能说是未庄人,即使说是"未庄人也",也仍然有乖史法的。

我所聊以自慰的,是还有一个"阿"字非常正确,绝无附会假借的缺点,颇可以就正于通人。至于其余,却都非浅学所能穿凿,只希望有"历史癖与考据癖"的胡适之先生的门人们,将来或者能够寻出许多新端绪来,但是我这《阿Q正传》到那时却又怕早经消灭了。

以上可以算是序。

第二章　优胜记略

阿Q不独是姓名籍贯有些渺茫,连他先前的"行状"也渺茫。因为未庄的人们之于阿Q,只要他帮忙,只拿他玩笑,从来没有留心他的"行状"的。而阿Q自己也不说,独有和别人口角的时候,间或瞪着眼睛道:

"我们先前——比你阔的多啦!你算是什么东西!"

阿Q没有家,住在未庄的土谷祠里;也没有固定的职业,只给人家做短工,割麦便割麦,舂米便舂米,撑船便撑船。工作略长久时,他也或住在临时主人的家里,但一完就走了。所以,人们忙碌的时候,也还记起阿Q来,然而记起的是做工,并不是"行状";一闲空,连阿Q都早忘却,更不必说"行状"了。只是有一回,有一个老头子颂扬说:"阿Q真能做!"这时阿Q赤着膊,懒洋洋的瘦伶仃的正在他面前,别人也摸不着这话是真心还是讥笑,然而阿Q很喜欢。

阿Q又很自尊,所有未庄的居民,全不在他眼睛里,甚而至于对于两位"文童"也有以为不值一笑的神情。夫文童者,将来恐怕要变秀才者也；赵太爷钱太爷大受居民的尊敬，除有钱之外，就因为都是文童的爹爹，而阿Q在精神上独不表格外的崇奉，他想：我的儿子会阔得多啦！加以进了几回城，阿Q自然更自负，然而他又很鄙薄城里人，譬如用三尺长三寸宽的木板做成的凳子，未庄叫"长凳"，他也叫"长凳"，城里人却叫"条凳"，他想：这是错的，可笑！油煎大头鱼，未庄都加上半寸长的葱叶，城里却加上切细的葱丝，他想：这也是错的，可笑！然而未庄人真是不见世面的可笑的乡下人呵，他们没有见过城里的煎鱼！

阿Q"先前阔"，见识高，而且"真能做"，本来几乎是一个"完人"了，但可惜他体质上还有一些缺点。最恼人的是在他头皮上，颇有几处不知起于何时的癞疮疤。这虽然也在他身上，而看阿Q的意思，倒也似乎以为不足贵的，因为他讳说"癞"以及一切近于"赖"的音，后来推而广之，"光"也讳，"亮"也讳，再后来，连"灯""烛"都讳了。一犯讳，不问有心与无心，阿Q便全疤通红的发起怒来，估量了对手，口讷的他便骂，气力小的他便打；然而不知怎么一回事，总还是阿Q吃亏的时候多。于是他渐渐的变换了方针，大抵改为怒目而视了。

谁知道阿Q采用怒目主义之后，未庄的闲人们便愈喜欢玩笑他。一见面，他们便假作吃惊的说：

"哙，亮起来了。"

阿Q照例的发了怒，他怒目而视了。

"原来有保险灯在这里！"他们并不怕。

阿Q没有法，只得另外想出报复的话来：

"你还不配……"这时候，又仿佛在他头上的是一种高尚的光容的癞头疮,并非平常的癞头疮了;但上文说过,阿Q是有见识的,他立刻知道和"犯忌"有点抵触,便不再往底下说。

闲人还不完,只撩他,于是终而至于打。阿Q在形式上打败了,被人揪住黄辫子,在壁上碰了四五个响头,闲人这才心满意足的得胜的走了,阿Q站了一刻,心里想,"我总算被儿子打了,现在的世界真不像样……"于是也心满意足的得胜的走了。

阿Q想在心里的,后来每每说出口来,所以凡是和阿Q玩笑的人们,几乎全知道他有这一种精神上的胜利法,此后每逢揪住他黄辫子的时候,人就先一着对他说:

"阿Q,这不是儿子打老子,是人打畜生。自己说:人打畜生!"

阿Q两只手都捏住了自己的辫根,歪着头,说道:

"打虫豸,好不好?我是虫豸——还不放么?"

但虽然是虫豸,闲人也并不放,仍旧在就近什么地方给他碰了五六个响头,这才心满意足的得胜的走了,他以为阿Q这回可遭了瘟。然而不到十秒钟,阿Q也心满意足的得胜的走了,他觉得他是第一个能够自轻自贱的人,除了"自轻自贱"不算外,余下的就是"第一个"。状元不也是"第一个"么?"你算是什么东西"呢?!

阿Q以如是等等妙法克服怨敌之后,便愉快的跑到酒店里喝几碗酒,又和别人调笑一通,口角一通,又得了胜,愉快的回到土谷祠,放倒头睡着了。假使有钱,他便去押牌宝,一堆人蹲在地面上,阿Q即汗流满面的夹在这中间,声音他最响:

"青龙四百!"

"咳……开……啦!"桩家揭开盒子盖,也是汗流满面的唱。

"天门啦……角回啦……！人和穿堂空在那里啦……！阿Q的铜钱拿过来……！"

"穿堂一百——一百五十！"

阿Q的钱便在这样的歌吟之下，渐渐的输入别个汗流满面的人物的腰间。他终于只好挤出堆外，站在后面看，替别人着急，一直到散场，然后恋恋的回到土谷祠，第二天，肿着眼睛去工作。

但真所谓"塞翁失马安知非福"罢，阿Q不幸而赢了一回，他倒几乎失败了。

这是未庄赛神的晚上。这晚上照例有一台戏，戏台左近，也照例有许多的赌摊。做戏的锣鼓，在阿Q耳朵里仿佛在十里之外；他只听得桩家的歌唱了。他赢而又赢，铜钱变成角洋，角洋变成大洋，大洋又成了叠。他兴高采烈得非常：

"天门两块！"

他不知道谁和谁为什么打起架来了。骂声打声脚步声，昏头昏脑的一大阵，他才爬起来，赌摊不见了，人们也不见了，身上有几处很似乎有些痛，似乎也挨了几拳几脚似的，几个人诧异的对他看。他如有所失的走进土谷祠，定一定神，知道他的一堆洋钱不见了。赶赛会的赌摊多不是本村人，还到那里去寻根柢呢？

很白很亮的一堆洋钱！而且是他的——现在不见了！说是算被儿子拿去了罢，总还是忽忽不乐；说自己是虫豸罢，也还是忽忽不乐：他这回才有些感到失败的苦痛了。

但他立刻转败为胜了。他擎起右手，用力的在自己脸上连打了两个嘴巴，热剌剌的有些痛；打完之后，便心平气和起来，似乎打的是自己，被打的是别一个自己，不久也就仿佛是自己打了别个一般,——虽然还有些热刺刺,——心满意足的得胜的躺下了。

他睡着了。

第三章　续优胜记略

然而阿Q虽然常优胜,却直待蒙赵太爷打他嘴巴之后,这才出了名。

他付过地保二百文酒钱,愤愤的躺下了,后来想:"现在的世界太不成话,儿子打老子……"于是忽而想到赵太爷的威风,而现在是他的儿子了,便自己也渐渐的得意起来,爬起身,唱着《小孤孀上坟》到酒店去。这时候,他又觉得赵太爷高人一等了。

说也奇怪,从此之后,果然大家也仿佛格外尊敬他。这在阿Q,或者以为因为他是赵太爷的父亲,而其实也不然。未庄通例,倘如阿七打阿八,或者李四打张三,向来本不算一件事,必须与一位名人如赵太爷者相关,这才载上他们的口碑。一上口碑,则打的既有名,被打的也就托庇有了名。至于错在阿Q,那自然是不必说。所以者何?就因为赵太爷是不会错的。但他既然错,为什么大家又仿佛格外尊敬他呢?这可难解,穿凿起来说,或者因为阿Q说是赵太爷的本家,虽然挨了打,大家也还怕有些真,总不如尊敬一些稳当。否则,也如孔庙里的太牢一般,虽然与猪羊一样,同是畜生,但既经圣人下箸,先儒们便不敢妄动了。

阿Q此后倒得意了许多年。

有一年的春天,他醉醺醺的在街上走,在墙根的日光下,看见王胡在那里赤着膊捉虱子,他忽然觉得身上也痒起来了。这王胡,又癞又胡,别人都叫他王癞胡,阿Q却删去了一个癞字,然而非常渺视他。阿Q的意思,以为癞是不足为奇的,只有这一部络腮胡子,实在太新奇,令人看不上眼。他于是并排坐下去了。倘是别的闲人们,阿Q本不敢大意坐下去。但这王胡旁边,他有什么怕呢?老实说:他肯坐下去,简直还是抬举他。

阿Q也脱下破夹袄来,翻检了一回,不知道因为新洗呢还是因为粗心,许多工夫,只捉到三四个。他看那王胡,却是一个又一个,两个又三个,只放在嘴里毕毕剥剥的响。

阿Q最初是失望,后来却不平了:看不上眼的王胡尚且那么多,自己倒反这样少,这是怎样的大失体统的事呵!他很想寻一两个大的,然而竟没有,好容易才捉到一个中的,恨恨的塞在厚嘴唇里,狠命一咬,劈的一声,又不及王胡响。

他癞疮疤块块通红了,将衣服摔在地上,吐一口唾沫,说:"这毛虫!"

"癞皮狗,你骂谁?"王胡轻蔑的抬起眼来说。

阿Q近来虽然比较的受人尊敬,自己也更高傲些,但和那些打惯的闲人们见面还胆怯,独有这回却非常武勇了。这样满脸胡子的东西,也敢出言无状么?

"谁认便骂谁!"他站起来,两手叉在腰间说。

"你的骨头痒了么?"王胡也站起来,披上衣服说。

阿Q以为他要逃了,抢进去就是一拳。这拳头还未达到身上,已经被他抓住了,只一拉,阿Q踉踉跄跄的跌进去,立刻又被王胡扭住了辫子,要拉到墙上照例去碰头。

"'君子动口不动手'!"阿Q歪着头说。

王胡似乎不是君子,并不理会,一连给他碰了五下,又用力的一推，至于阿Q跌出六尺多远，这才满足的去了。

在阿Q的记忆上，这大约要算是生平第一件的屈辱，因为王胡以络腮胡子的缺点，向来只被他奚落，从没有奚落他，更不必说动手了。而他现在竟动手，很意外，难道真如市上所说，皇帝已经停了考，不要秀才和举人了，因此赵家减了威风，因此他们也便小觑了他么？

阿Q无可适从的站着。

远远的走来了一个人，他的对头又到了。这也是阿Q最厌恶的一个人，就是钱太爷的大儿子。他先前跑上城里去进洋学堂，不知怎么又跑到东洋去了，半年之后他回到家里来，腿也直了，辫子也不见了，他的母亲大哭了十几场，他的老婆跳了三回井。后来，他的母亲到处说，"这辫子是被坏人灌醉了酒剪去的。本来可以做大官，现在只好等留长再说了。"然而阿Q不肯信，偏称他"假洋鬼子"，也叫作"里通外国的人"，一见他，一定在肚子里暗暗的咒骂。

阿Q尤其"深恶而痛绝之"的，是他的一条假辫子。辫子而至于假，就是没有了做人的资格；他的老婆不跳第四回井，也不是好女人。

这"假洋鬼子"近来了。

"秃儿。驴……"阿Q历来本只在肚子里骂，没有出过声，这回因为正气忿，因为要报仇，便不由的轻轻的说出来了。

不料这秃儿却拿着一支黄漆的棍子——就是阿Q所谓哭丧棒——大踏步走了过来。阿Q在这刹那，便知道大约要打了，赶紧抽紧筋骨，耸了肩膀等候着，果然，拍的一声，似乎确凿打在自己头上了。

"我说他!"阿Q指着近旁的一个孩子,分辩说。

拍!拍拍!

在阿Q的记忆上,这大约要算是生平第二件的屈辱。幸而拍拍的响了之后,于他倒似乎完结了一件事,反而觉得轻松些,而且"忘却"这一件祖传的宝贝也发生了效力,他慢慢的走,将到酒店门口,早已有些高兴了。

但对面走来了静修庵里的小尼姑。阿Q便在平时,看见伊也一定要唾骂,而况在屈辱之后呢?他于是发生了回忆,又发生了敌忾了。

"我不知道我今天为什么这样晦气,原来就因为见了你!"他想。

他迎上去,大声的吐一口唾沫:

"咳,呸!"

小尼姑全不睬,低了头只是走。阿Q走近伊身旁,突然伸出手去摩着伊新剃的头皮,呆笑着,说:

"秃儿!快回去,和尚等着你……"

"你怎么动手动脚……"尼姑满脸通红的说,一面赶快走。

酒店里的人大笑了。阿Q看见自己的勋业得了赏识,便愈加兴高采烈起来:

"和尚动得,我动不得?"他扭住伊的面颊。

酒店里的人大笑了。阿Q更得意,而且为了满足那些赏鉴家起见,再用力的一拧,才放手。

他这一战,早忘却了王胡,也忘却了假洋鬼子,似乎对于今天的一切"晦气"都报了仇;而且奇怪,又仿佛全身比拍拍的响了之后更轻松,飘飘然的似乎要飞去了。

"这断子绝孙的阿Q!"远远地听得小尼姑的带哭的声音。

"哈哈哈!"阿Q十分得意的笑。

"哈哈哈!"酒店里的人也九分得意的笑。

第四章 恋爱的悲剧

有人说:有些胜利者,愿意敌手如虎,如鹰,他才感得胜利的欢喜;假使如羊,如小鸡,他便反觉得胜利的无聊。又有些胜利者,当克服一切之后,看见死的死了,降的降了,"臣诚惶诚恐死罪死罪",他于是没有了敌人,没有了对手,没有了朋友,只有自己在上,一个,孤另另,凄凉,寂寞,便反而感到了胜利的悲哀。然而我们的阿Q却没有这样乏,他是永远得意的:这或者也是中国精神文明冠于全球的一个证据了。

看哪,他飘飘然的似乎要飞去了!

然而这一次的胜利,却又使他有些异样。他飘飘然的飞了大半天,飘进土谷祠,照例应该躺下便打鼾。谁知道这一晚,他很不容易合眼,他觉得自己的大拇指和第二指有点古怪:仿佛比平常滑腻些。不知道是小尼姑的脸上有一点滑腻的东西粘在他指上,还是他的指头在小尼姑脸上磨得滑腻了?……

"断子绝孙的阿Q!"

阿Q的耳朵里又听到这句话。他想:不错,应该有一个女人,断子绝孙便没有人供一碗饭,……应该有一个女人。夫"不孝有三无后为大",而"若敖之鬼馁而",也是一件人生的大哀,所以他那思想,其实是样样合于圣经贤传的,只可惜后来有些"不能收其放心"了。

"女人,女人!……"他想。

"……和尚动得……女人，女人！……女人！"他又想。

我们不能知道这晚上阿Q在什么时候才打鼾。但大约他从此总觉得指头有些滑腻，所以他从此总有些飘飘然；"女……"他想。

即此一端，我们便可以知道女人是害人的东西。

中国的男人，本来大半都可以做圣贤，可惜全被女人毁掉了。商是妲己闹亡的；周是褒姒弄坏的；秦……虽然史无明文，我们也假定他因为女人，大约未必十分错；而董卓可是的确给貂蝉害死了。

阿Q本来也是正人，我们虽然不知道他曾蒙什么明师指授过，但他对于"男女之大防"却历来非常严；也很有排斥异端——如小尼姑及假洋鬼子之类——的正气。他的学说是：凡尼姑，一定与和尚私通；一个女人在外面走，一定想引诱野男人；一男一女在那里讲话，一定要有勾当了。为惩治他们起见，所以他往往怒目而视，或者大声说几句"诛心"话，或者在冷僻处，便从后面掷一块小石头。

谁知道他将到"而立"之年，竟被小尼姑害得飘飘然了。这飘飘然的精神，在礼教上是不应该有的，——所以女人真可恶，假使小尼姑的脸上不滑腻，阿Q便不至于被蛊，又假使小尼姑的脸上盖一层布，阿Q便也不至于被蛊了，——他五六年前，曾在戏台下的人丛中拧过一个女人的大腿，但因为隔一层裤，所以此后并不飘飘然，——而小尼姑并不然，这也足见异端之可恶。

"女……"阿Q想。

他对于以为"一定想引诱野男人"的女人，时常留心看，然而伊并不对他笑。他对于和他讲话的女人，也时常留心听，然而伊又并不提起关于什么勾当的话来。哦，这也是女人可恶之一节：伊们全都要装"假正经"的。

这一天，阿Q在赵太爷家里舂了一天米，吃过晚饭，便坐在厨房里吸旱烟。倘在别家，吃过晚饭本可以回去的了，但赵府上晚饭早，虽说定例不准掌灯，一吃完便睡觉，然而偶然也有一些例外：其一，是赵大爷未进秀才的时候，准其点灯读文章；其二，便是阿Q来做短工的时候，准其点灯舂米。因为这一条例外，所以阿Q在动手舂米之前，还坐在厨房里吸烟旱。

吴妈，是赵太爷家里唯一的女仆，洗完了碗碟，也就在长凳上坐下了，而且和阿Q谈闲天：

"太太两天没有吃饭哩，因为老爷要买一个小的……"

"女人……吴妈……这小孤孀……"阿Q想。

"我们的少奶奶是八月里要生孩子了……"

"女人……"阿Q想。

阿Q放下烟管，站了起来。

"我们的少奶奶……"吴妈还唠叨说。

"我和你困觉，我和你困觉！"阿Q忽然抢上去，对伊跪下了。

一刹时中很寂然。

"阿呀！"吴妈愣了一息，突然发抖，大叫着往外跑，且跑且嚷，似乎后来带哭了。

阿Q对了墙壁跪着也发愣，于是两手扶着空板凳，慢慢的站起来，仿佛觉得有些糟。他这时确也有些忐忑了，慌张的将烟管插在裤带上，就想去舂米。蓬的一声，头上着了很粗的一下，他急忙回转身去，那秀才便拿了一支大竹杠站在他面前。

"你反了,……你这……"

大竹杠又向他劈下来了。阿Q两手去抱头,拍的正打在指节上,这可很有一些痛。他冲出厨房门,仿佛背上又着了一下似的。

"忘八蛋!"秀才在后面用了官话这样骂。

阿Q奔入舂米场,一个人站着,还觉得指头痛,还记得"忘八蛋",因为这话是未庄的乡下人从来不用,专是见过官府的阔人用的,所以格外怕,而印象也格外深。但这时,他那"女……"的思想却也没有了。而且打骂之后,似乎一件事也已经结束,倒反觉得一无挂碍似的,便动手去舂米。舂了一会,他热起来了,又歇了手脱衣服。

脱下衣服的时候,他听得外面很热闹,阿Q生平本来最爱看热闹,便即寻声走出去了。寻声渐渐的寻到赵太爷的内院里,虽然在昏黄中,却辨得出许多人,赵府一家连两日不吃饭的太太也在内,还有间壁的邹七嫂,真正本家的赵白眼,赵司晨。

少奶奶正拖着吴妈走出下房来,一面说:

"你到外面来,……不要躲在自己房里想……"

"谁不知道你正经,……短见是万万寻不得的。"邹七嫂也从旁说。

吴妈只是哭,夹些话,却不甚听得分明。

阿Q想:"哼,有趣,这小孤孀不知道闹着什么玩意儿了?"他想打听,走近赵司晨的身边。这时他猛然间看见赵大爷向他奔来,而且手里捏着一支大竹杠。他看见这一支大竹杠,便猛然间悟到自己曾经被打,和这一场热闹似乎有点相关。他翻身便走,想逃回舂米场,不图这支竹杠阻了他的去路,于是他又翻身便走,自然而然的走出后门,不多工夫,已在土谷祠内了。

阿Q坐了一会,皮肤有些起栗,他觉得冷了,因为虽在春季,而夜间颇有余寒,尚不宜于赤膊。他也记得布衫留在赵家,但倘若去取,又深怕秀才的竹杠。然而地保进来了。

"阿Q,你的妈妈的!你连赵家的用人都调戏起来,简直是造反。害得我晚上没有觉睡,你的妈妈的!……"

如是云云的教训了一通,阿Q自然没有话。临末,因为在晚上,应该送地保加倍酒钱四百文,Q正没有现钱,便用一顶毡帽做抵押,并且订定了五条件:

一　明天用红烛——要一斤重的——一对,香一封,到赵府上去赔罪。

二　赵府上请道士祓除缢鬼,费用由阿Q负担。

三　阿Q从此不准踏进赵府的门槛。

四　吴妈此后倘有不测,惟阿Q是问。

五　阿Q不准再去索取工钱和布衫。

阿Q自然都答应了,可惜没有钱。幸而已经春天,棉被可以无用,便质了二千大钱,履行条约。赤膊磕头之后,居然还剩几文,他也不再赎毡帽,统统喝了酒了。但赵家也并不烧香点烛,因为太太拜佛的时候可以用,留着了。那破布衫是大半做了少奶奶八月间生下来的孩子的衬尿布,那小半破烂的便都做了吴妈的鞋底。

第五章　生计问题

阿Q礼毕之后,仍旧回到土谷祠,太阳下去了,渐渐觉得世上有些古怪。他仔细一想,终于省悟过来:其原因盖在自己的赤膊。他记得破夹袄还在,便披在身上,躺倒了,待张开眼睛,原来太阳又已经照在西墙上头了。他坐起身,一面说道,"妈妈的……"

他起来之后,也仍旧在街上逛,虽然不比赤膊之有切肤之痛,却又渐渐的觉得世上有些古怪了。仿佛从这一天起,未庄的女人们忽然都怕了羞,伊们一见阿Q走来,便个个躲进门里去。甚而至于将近五十岁的邹七嫂,也跟着别人乱钻,而且将十一的女儿都叫进去了。阿Q很以为奇,而且想:"这些东西忽然都学起小姐模样来了。这娼妇们……"

但他更觉得世上有些古怪,却是许多日以后的事。其一,酒店不肯赊欠了;其二,管土谷祠的老头子说些废话,似乎叫他走;其三,他虽然记不清多少日,但确乎有许多日,没有一个人来叫他做短工。酒店不赊,熬着也罢了;老头子催他走,噜苏一通也就算了;只是没有人来叫他做短工,却使阿Q肚子饿:这委实是一件非常"妈妈的"的事情。

阿Q忍不下去了,他只好到老主顾的家里去探问,——但独不许踏进赵府的门槛,——然而情形也异样:一定走出一个男人来,现了十分烦厌的相貌,像回复乞丐一般的摇手道:

"没有没有!你出去!"

阿Q愈觉得稀奇了。他想,这些人家向来少不了要帮忙,不至于现在忽然都无事,这总该有些蹊跷在里面了。他留心打听,才知道他们有事都去叫小Don。这小D,是一个穷小子,又瘦又乏,在阿Q的眼睛里,位置是在王胡之下的,谁料这小子竟谋了他的饭碗去。所以阿Q这一气,更与平常不同,当气愤愤的走着的时候,忽然将手一扬,唱道:

"我手执钢鞭将你打！……"

几天之后，他竟在钱府的照壁前遇见了小D。"仇人相见分外眼明"，阿Q便迎上去，小D也站住了。

"畜生！"阿Q怒目而视的说，嘴角上飞出唾沫来。

"我是虫豸，好么？……"小D说。

这谦逊反使阿Q更加愤怒起来，但他手里没有钢鞭，于是只得扑上去，伸手去拔小D的辫子。小D一手护住了自己的辫根，一手也来拔阿Q的辫子，阿Q便也将空着的一只手护住了自己的辫根。从先前的阿Q看来，小D本来是不足齿数的，但他近来挨了饿，又瘦又乏已经不下于小D，所以便成了势均力敌的现象，四只手拔着两颗头，都弯了腰，在钱家粉墙上映出一个蓝色的虹形，至于半点钟之久了。

"好了，好了！"看的人们说，大约是解劝的。

"好，好！"看的人们说，不知道是解劝，是颂扬，还是煽动。

然而他们都不听。阿Q进三步，小D便退三步，都站着；小D进三步，阿Q便退三步，又都站着。大约半点钟，——未庄少有自鸣钟，所以很难说，或者二十分，——他们的头发里便都冒烟，额上便都流汗，阿Q的手放了，在同一瞬间，小D的手也正放松了，同时直起，同时退开，都挤出人丛去。

"记着罢，妈妈的……"阿Q回过头去说。

"妈妈的，记着罢……"小D也回过头来说。

这一场"龙虎斗"似乎并无胜败，也不知道看的人可满足，都没有发什么议论，而阿Q却仍然没有人来叫他做短工。

有一日很温和，微风拂拂的颇有些夏意了，阿Q却觉得寒冷起来，但这还可担当，第一倒是肚子饿。棉被，毡帽，布衫，早已没有了，其次就卖了棉袄；现在有裤子，却万不可脱的；有破夹袄，又除了送人做鞋底之外，决定卖不出钱。他早想在路上拾得一注钱，但至今还没有见；他想在自己的破屋里忽然寻到一注钱，慌张的四顾，但屋内是空虚而且了然。于是他决计出门求食去了。

他在路上走着要"求食"，看见熟识的酒店，看见熟识的馒头，但他都走过了，不但没有暂停，而且并不想要。他所求的不是这类东西了；他求的是什么东西，他自己不知道。

未庄本不是大村镇，不多时便走尽了。村外多是水田，满眼是新秧的嫩绿，夹着几个圆形的活动的黑点，便是耕田的农夫。阿Q并不赏鉴这田家乐，却只是走，因为他直觉的知道这与他的"求食"之道是很辽远的。但他终于走到静修庵的墙外了。

庵周围也是水田，粉墙突出在新绿里，后面的低土墙里是菜园。阿Q迟疑了一会，四面一看，并没有人。他便爬上这矮墙去，扯着何首乌藤，但泥土仍然簌簌的掉，阿Q的脚也索索的抖；终于攀着桑树枝，跳到里面了。里面真是郁郁葱葱，但似乎并没有黄酒馒头，以及此外可吃的之类。靠西墙是竹丛，下面许多笋，只可惜都是并未煮熟的，还有油菜早经结子，芥菜已将开花，小白菜也很老了。

阿Q仿佛文童落第似的觉得很冤屈，他慢慢走近园门去，忽而非常惊喜了，这分明是一畦老萝卜。他于是蹲下便拔，而门口突然伸出一个很圆的头来，又即缩回去了，这分明是小尼姑。小尼姑之流是阿Q本来视若草芥的，但世事须"退一步想"，所以他便赶紧拔起四个萝卜，拧下青叶，兜在大襟里。然而老尼姑已经出来了。

"阿弥陀佛,阿Q,你怎么跳进园里来偷萝卜!……阿呀,罪过呵,阿唷,阿弥陀佛!……"

"我什么时候跳进你的园里来偷萝卜?"阿Q且看且走的说。

"现在……这不是?"老尼姑指着他的衣兜。

"这是你的?你能叫得他答应你么?你……"

阿Q没有说完话,拔步便跑;追来的是一匹很肥大的黑狗。这本来在前门的,不知怎的到后园来了。黑狗哼而且追,已经要咬着阿Q的腿,幸而从衣兜里落下一个萝卜来,那狗给一吓,略略一停,阿Q已经爬上桑树,跨到土墙,连人和萝卜都滚出墙外面了。只剩着黑狗还在对着桑树嗥,老尼姑念着佛。

阿Q怕尼姑又放出黑狗来,拾起萝卜便走,沿路又捡了几块小石头,但黑狗却并不再现。阿Q于是抛了石块,一面走一面吃,而且想道,这里也没有什么东西寻,不如进城去……

待三个萝卜吃完时,他已经打定了进城的主意了。

第六章　从中兴到末路

在未庄再看见阿Q出现的时候,是刚过了这年的中秋。人们都惊异,说是阿Q回来了,于是又回上去想道,他先前那里去了呢?阿Q前几回的上城,大抵早就兴高采烈的对人说,但这一次却并不,所以也没有一个人留心到。他或者也曾告诉过管土谷祠的老头子,然而未庄老例,只有赵太爷钱太爷和秀才大爷上城才算一件事。假洋鬼子尚且不足数,何况是阿Q:因此老头子也就不替他宣传,而未庄的社会上也就无从知道了。

但阿Q这回的回来,却与先前大不同,确乎很值得惊异。天色将黑,他睡眼蒙胧的在酒店门前出现了,他走近柜台,从腰间伸出手来,满把是银的和铜的,在柜上一扔说,"现钱!打酒来!"穿的是新夹袄,看去腰间还挂着一个大搭连,沉钿钿的将裤带坠成了很弯很弯的弧线。未庄老例,看见略有些醒目的人物,是与其慢也宁敬的,现在虽然明知道是阿Q,但因为和破夹袄的阿Q有些两样了,古人云,"士别三日便当刮目相待",所以堂倌,掌柜,酒客,路人,便自然显出一种凝而且敬的形态来。掌柜既先之以点头,又继之以谈话:

"嚄,阿Q,你回来了!"

"回来了。"

"发财发财,你是——在……"

"上城去了!"

这一件新闻,第二天便传遍了全未庄。人人都愿意知道现钱和新夹袄的阿Q的中兴史,所以在酒店里,茶馆里,庙檐下,便渐渐的探听出来了。这结果,是阿Q得了新敬畏。

据阿Q说,他是在举人老爷家里帮忙。这一节,听的人都肃然了。这老爷本姓白,但因为合城里只有他一个举人,所以不必再冠姓,说起举人来就是他。这也不独在未庄是如此,便是一百里方圆之内也都如此,人们几乎多以为他的姓名就叫举人老爷的了。在这人的府上帮忙,那当然是可敬的。但据阿Q又说,他却不高兴再帮忙了,因为这举人老爷实在太"妈妈的"了。这一节,听的人都叹息而且快意,因为阿Q本不配在举人老爷家里帮忙,而不帮忙是可惜的。

据阿Q说,他的回来,似乎也由于不满意城里人,这就在他们将长凳称为条凳,而且煎鱼用葱丝,加以最近观察所得的缺点，是女人的走路也扭得不很好。然而也偶有大可佩服的地方，即如未庄的乡下人不过打三十二张的竹牌，只有假洋鬼子能够叉"麻酱"，城里却连小乌龟子都叉得精熟的。什么假洋鬼子，只要放在城里的十几岁的小乌龟子的手里，也就立刻是"小鬼见阎王"。这一节，听的人都赧然了。

"你们可看见过杀头么？"阿Q说，"咳，好看。杀革命党。唉，好看好看，……"他摇摇头，将唾沫飞在正对面的赵司晨的脸上。这一节，听的人都凛然了。但阿Q又四面一看，忽然扬起右手，照着伸长脖子听得出神的王胡的后项窝上直劈下去道：

"嚓！"

王胡惊得一跳，同时电光石火似的赶快缩了头，而听的人又都悚然而且欣然了。从此王胡瘟头瘟脑的许多日，并且再不敢走近阿Q的身边；别的人也一样。

阿Q这时在未庄人眼睛里的地位，虽不敢说超过赵太爷，但谓之差不多，大约也就没有什么语病的了。

然而不多久，这阿Q的大名忽又传遍了未庄的闺中。虽然未庄只有钱赵两姓是大屋，此外十之九都是浅闺，但闺中究竟是闺中，所以也算得一件神异。女人们见面时一定说，邹七嫂在阿Q那里买了一条蓝绸裙，旧固然是旧的，但只化了九角钱。还有赵白眼的母亲，——一说是赵司晨的母亲，待考，——也买了一件孩子穿的大红洋纱衫，七成新，只用三百大钱九二串。于是伊们都眼巴巴的想见阿Q，缺绸裙的想问他买绸裙，要洋纱衫的想问他买洋纱衫，不但见了不逃避，有时阿Q已经走过了，也还要追上去叫住他，问道：

"阿Q，你还有绸裙么？没有？纱衫也要的，有罢？"

后来这终于从浅闺传进深闺里去了。因为邹七嫂得意之余，将伊的绸裙请赵太太去鉴赏，赵太太又告诉了赵太爷而且着实恭维了一番。赵太爷便在晚饭桌上，和秀才大爷讨论，以为阿Q实在有些古怪，我们门窗应该小心些；但他的东西，不知道可还有什么可买，也许有点好东西罢。加以赵太太也正想买一件价廉物美的皮背心。于是家族决议，便托邹七嫂即刻去寻阿Q，而且为此新辟了第三种的例外：这晚上也姑且特准点油灯。

油灯干了不少了，阿Q还不到。赵府的全眷都很焦急，打着呵欠，或恨阿Q太飘忽，或怨邹七嫂不上紧。赵太太还怕他因为春天的条件不敢来，而赵太爷以为不足虑：因为这是"我"去叫他的。果然，到底赵太爷有见识，阿Q终于跟着邹七嫂进来了。

"他只说没有没有，我说你自己当面说去，他还要说，我说……"邹七嫂气喘吁吁的走着说。

"太爷！"阿Q似笑非笑的叫了一声，在檐下站住了。

"阿Q，听说你在外面发财，"赵太爷踱开去，眼睛打量着他的全身，一面说。"那很好，那很好的。这个，……听说你有些旧东西，……可以都拿来看一看，……这也并不是别的，因为我倒要……"

"我对邹七嫂说过了。都完了。"

"完了？"赵太爷不觉失声的说，"那里会完得这样快呢？"

"那是朋友的，本来不多。他们买了些，……"

"总该还有一点罢。"

"现在，只剩了一张门幕了。"

"就拿门幕来看看罢。"赵太太慌忙说。

"那么，明天拿来就是，"赵太爷却不甚热心了。"阿Q，你以后有什么东西的时候，你尽先送来给我们看，……"

"价钱决不会比别家出得少！"秀才说。秀才娘子忙一瞥阿Q的脸，看他感动了没有。

"我要一件皮背心。"赵太太说。

阿Q虽然答应着，却懒洋洋的出去了，也不知道他是否放在心上。这使赵太爷很失望，气愤而且担心，至于停止了打呵欠。秀才对于阿Q的态度也很不平，于是说，这忘八蛋要提防，或者竟不如吩咐地保，不许他住在未庄。但赵太爷以为不然，说这也怕要结怨，况且做这路生意的大概是"老鹰不吃窝下食"，本村倒不必担心的；只要自己夜里警醒点就是了。秀才听了这"庭训"，非常之以为然，便即刻撤消了驱逐阿Q的提议，而且叮嘱邹七嫂，请伊万不要向人提起这一段话。

但第二日，邹七嫂便将那蓝裙去染了皂，又将阿Q可疑之点传扬出去了，可是确没有提起秀才要驱逐他这一节。然而这已经于阿Q很不利。最先，地保寻上门了，取了他的门幕去，阿Q说是赵太太要看的，而地保也不还，并且要议定每月的孝敬钱。其次，是村人对于他的敬畏忽而变相了，虽然还不敢来放肆，却很有远避的神情，而这神情和先前的防他来"嚓"的时候又不同，颇混着"敬而远之"的分子了。

只有一班闲人们却还要寻根究底的去探阿Q的底细。阿Q也并不讳饰，傲然的说出他的经验来。从此他们才知道，他不过是一个小脚色，不但不能上墙，并且不能进洞，只站在洞外接东西。有一夜，他刚才接到一个包，正手再进去，不一会，只听得里面大嚷起来，他便赶紧跑，连夜爬出城，逃回未庄来了，从此不敢再去做。然而这故事却于阿Q更不利，村人对于阿Q的"敬而远之"者,本因为怕结怨,谁料他不过是一个不敢再偷的偷儿呢?这实在是"斯亦不足畏也矣"。

第七章　革命

宣统三年九月十四日——即阿Q将搭连卖给赵白眼的这一天——三更四点,有一只大乌篷船到了赵府上的河埠头。这船从黑魆魆中荡来,乡下人睡得熟,都没有知道;出去时将近黎明,却很有几个看见的了。据探头探脑的调查来的结果,知道那竟是举人老爷的船!

那船便将大不安载给了未庄,不到正午,全村的人心就很摇动。船的使命,赵家本来是很秘密的,但茶坊酒肆里却都说,革命党要进城,举人老爷到我们乡下来逃难了。惟有邹七嫂不以为然,说那不过是几口破衣箱,举人老爷想来寄存的,却已被赵太爷回复转去。其实举人老爷和赵秀才素不相能,在理本不能有"共患难"的情谊,况且邹七嫂又和赵家是邻居,见闻较为切近,所以大概该是伊对的。

然而谣言很旺盛,说举人老爷虽然似乎没有亲到,却有一封长信,和赵家排了"转折亲"。赵太爷肚里一轮,觉得于他总不会有坏处,便将箱子留下了,现就塞在太太的床底下。至于革命党,有的说是便在这一夜进了城,个个白盔白甲:穿着崇正皇帝的素。

阿Q的耳朵里,本来早听到过革命党这一句话,今年又亲眼见过杀掉革命党。但他有一种不知从那里来的意见,以为革命党便是造反,造反便是与他为难,所以一向是"深恶而痛绝之"的。殊不料这却使百里闻名的举人老爷有这样怕,于是他未免也有些"神往"了,况且未庄的一群鸟男女的慌张的神情,也使阿

Q更快意。

"革命也好罢,"阿Q想,"革这伙妈妈的命,太可恶!太可恨!……便是我,也要投降革命党了。"

阿Q近来用度窘,大约略略有些不平;加以午间喝了两碗空肚酒,愈加醉得快,一面想一面走,便又飘飘然起来。不知怎么一来,忽而似乎革命党便是自己,未庄人却都是他的俘虏了。他得意之余,禁不住大声的嚷道:

"造反了!造反了!"

未庄人都用了惊惧的眼光对他看。这一种可怜的眼光,是阿Q从来没有见过的,一见之下,又使他舒服得如六月里喝了雪水。他更加高兴的走而且喊道:

"好,……我要什么就是什么,我欢喜谁就是谁。

得得,锵锵!

悔不该,酒醉错斩了郑贤弟,

悔不该,呀呀呀……

得得,锵锵,得,锵令锵!

我手执钢鞭将你打……"

赵府上的两位男人和两个真本家,也正站在大门口论革命。阿Q没有见,昂了头直唱过去。

"得得,……"

"老Q,"赵太爷怯怯的迎着低声的叫。

"锵锵,"阿Q料不到他的名字会和"老"字联结起来,以为是一句别的话,与己无干,只是唱。"得,锵,锵令锵,锵!"

"老Q。"

"悔不该……"

"阿Q！"秀才只得直呼其名了。

阿Q这才站住，歪着头问道，"什么？"

"老Q，……现在……"赵太爷却又没有话，"现在……发财么？"

"发财？自然。要什么就是什么……"

"阿……Q哥，像我们这样穷朋友是不要紧的……"赵白眼惴惴的说，似乎想探革命党的口风。

"穷朋友？你总比我有钱。"阿Q说着自去了。

大家都怃然，没有话。赵太爷父子回家，晚上商量到点灯。赵白眼回家，便从腰间扯下搭连来，交给他女人藏在箱底里。

阿Q飘飘然的飞了一通，回到土谷祠，酒已经醒透了。这晚上，管祠的老头子也意外的和气，请他喝茶；阿Q便向他要了两个饼，吃完之后，又要了一支点过的四两烛和一个树烛台，点起来，独自躺在自己的小屋里。他说不出的新鲜而且高兴，烛火像元夜似的闪闪的跳，他的思想也迸跳起来了：

"造反？有趣，……来了一阵白盔白甲的革命党，都拿着板刀，钢鞭，炸弹，洋炮，三尖两刃刀，钩镰枪，走过土谷祠，叫道，'阿Q！同去同去！'于是一同去。……

"这时未庄的一伙鸟男女才好笑哩，跪下叫道，'阿Q，饶命！'谁听他！第一个该死的是小D和赵太爷，还有秀才，还有假洋鬼子，……留几条么？王胡本来还可留，但也不要了。……

"东西，……直走进去打开箱子来：元宝，洋钱，洋纱衫，……秀才娘子的一张宁式床先搬到土谷祠，此外便摆了钱家的桌椅，——或者也就用赵家的罢。自己是不动手的了，叫小D来搬，要搬得快，搬得不快打嘴巴。……

"赵司晨的妹子真丑。邹七嫂的女儿过几年再说。假洋鬼子的老婆会和没有辫子的男人睡觉,吓,不是好东西!秀才的老婆是眼胞上有疤的。……吴妈长久不见了,不知道在那里,——可惜脚太大。"

阿Q没有想得十分停当,已经发了鼾声,四两烛还只点去了小半寸,红焰焰的光照着他张开的嘴。

"荷荷!"阿Q忽而大叫起来,抬了头仓皇的四顾,待到看见四两烛,却又倒头睡去了。

第二天他起得很迟,走出街上看时,样样都照旧。他也仍然肚饿,他想着,想不起什么来;但他忽而似乎有了主意了,慢慢的跨开步,有意无意的走到静修庵。

庵和春天时节一样静,白的墙壁和漆黑的门。他想了一想,前去打门,一只狗在里面叫。他急急拾了几块断砖,再上去较为用力的打,打到黑门上生出许多麻点的时候,才听得有人来开门。

阿Q连忙捏好砖头,摆开马步,准备和黑狗来开战。但庵门只开了一条缝,并无黑狗从中冲出,望进去只有一个老尼姑。

"你又来什么事?"伊大吃一惊的说。

"革命了……你知道?……"阿Q说得很含胡。

"革命革命,革过一革的……你们要革得我们怎么样呢?"老尼姑两眼通红的说。

"什么?……"阿Q诧异了。

"你不知道,他们已经来革过了!"

"谁?……"阿Q更其诧异了。

"那秀才和洋鬼子!"

阿Q很出意外，不由的一错愕；老尼姑见他失了锐气，便飞速的关了门，阿Q再推时，牢不可开，再打时，没有回答了。

那还是上午的事。赵秀才消息灵，一知道革命党已在夜间进城，便将辫子盘在顶上，一早去拜访那历来也不相能的钱洋鬼子。这是"咸与维新"的时候了，所以他们便谈得很投机，立刻成了情投意合的同志，也相约去革命。他们想而又想，才想出静修庵里有一块"皇帝万岁万万岁"的龙牌，是应该赶紧革掉的，于是又立刻同到庵里去革命。因为老尼姑来阻挡，说了三句话，他们便将伊当作满政府，在头上很给了不少的棍子和栗凿。尼姑待他们走后，定了神来检点，龙牌固然已经碎在地上了，而且又不见了观音娘娘座前的一个宣德炉。

这事阿Q后来才知道。他颇悔自己睡着，但也深怪他们不来招呼他。他又退一步想道：

"难道他们还没有知道我已经投降了革命党么？"

第八章　不准革命

未庄的人心日见其安静了。据传来的消息，知道革命党虽然进了城，倒还没有什么大异样。知县大老爷还是原官，不过改称了什么，而且举人老爷也做了什么——这些名目，未庄人都说不明白——官，带兵的也还是先前的老把总。只有一件可怕的事是另有几个不好的革命党夹在里面捣乱，第二天便动手剪辫子，听说那邻村的航船七斤便着了道儿，弄得不像人样子了。但这却还不算大恐怖，因为未庄人本来少上城，即使偶有想进城的，也就立刻变了计，碰不着这危险。阿Q本也想进城去寻他的老朋友，一得这消息，也只得作罢了。

但未庄也不能说是无改革。几天之后,将辫子盘在顶上的逐渐增加起来了,早经说过,最先自然是茂才公,其次便是赵司晨和赵白眼,后来是阿Q。倘在夏天,大家将辫子盘在头顶上或者打一个结,本不算什么稀奇事,但现在是暮秋,所以这"秋行夏令"的情形,在盘辫家不能不说是万分的英断,而在未庄也不能说无关于改革了。

赵司晨脑后空荡荡的走来,看见的人大嚷说,

"嚄,革命党来了!"

阿Q听到了很羡慕。他虽然早知道秀才盘辫的大新闻,但总没有想到自己可以照样做,现在看见赵司晨也如此,才有了学样的意思,定下实行的决心。他用一支竹筷将辫子盘在头顶上,迟疑多时,这才放胆的走去。

他在街上走,人也看他,然而不说什么话,阿Q当初很不快,后来便很不平。他近来很容易闹脾气了;其实他的生活,倒也并不比造反之前反艰难,人见他也客气,店铺也不说要现钱。而阿Q总觉得自己太失意:既然革了命,不应该只是这样的。况且有一回看见小D,愈使他气破肚皮了。

小D也将辫子盘在头顶上了,而且也居然用一支竹筷。阿Q万料不到他也敢这样做,自己也决不准他这样做!小D是什么东西呢?他很想即刻揪住他,拗断他的竹筷,放下他的辫子,并且批他几个嘴巴,聊且惩罚他忘了生辰八字,也敢来做革命党的罪。但他终于饶放了,单是怒目而视的吐一口唾沫道"呸!"

这几日里,进城去的只有一个假洋鬼子。赵秀才本也想靠着寄存箱子的渊源,亲身去拜访举人老爷的,但因为有剪辫的危险,所以也就中止了。他写了一封"黄伞格"的信,托假洋鬼子

带上城,而且托他给自己绍介绍介,去进自由党。假洋鬼子回来时,向秀才讨还了四块洋钱,秀才便有一块银桃子挂在大襟上了;未庄人都惊服,说这是柿油党的顶子,抵得一个翰林;赵太爷因此也骤然大阔,远过于他儿子初隽秀才的时候,所以目空一切,见了阿Q,也就很有些不放在眼里了。

阿Q正在不平,又时时刻刻感着冷落,一听得这银桃子的传说,他立即悟出自己之所以冷落的原因了:要革命,单说投降,是不行的;盘上辫子,也不行的;第一着仍然要和革命党去结识。他生平所知道的革命党只有两个,城里的一个早已"嚓"的杀掉了,现在只剩了一个假洋鬼子。他除却赶紧去和假洋鬼子商量之外,再没有别的道路了。

钱府的大门正开着,阿Q便怯怯的蹩进去。他一到里面,很吃了惊,只见假洋鬼子正站在院子的中央,一身乌黑的大约是洋衣,身上也挂着一块银桃子,手里是阿Q曾经领教过的棍子,已经留到一尺多长的辫子都拆开了披在肩背上,蓬头散发的像一个刘海仙。对面挺直的站着赵白眼和三个闲人,正在必恭必敬的听说话。

阿Q轻轻的走近了,站在赵白眼的背后,心里想招呼,却不知道怎么说才好:叫他假洋鬼子固然是不行的了,洋人也不妥,革命党也不妥,或者就应该叫洋先生了罢。

洋先生却没有见他,因为白着眼睛讲得正起劲:

"我是性急的,所以我们见面,我总是说:洪哥!我们动手罢!他却总说道No!——这是洋话,你们不懂的。否则早已成功了。然而这正是他做事小心的地方。他再三再四的请我上湖北,我还没有肯。谁愿意在这小县城里做事情。……"

"唔，……这个……"阿Q候他略停，终于用十二分的勇气开口了，但不知道因为什么，又并不叫他洋先生。

听着说话的四个人都吃惊的回顾他。洋先生也才看见：

"什么？"

"我……"

"出去！"

"我要投……"

"滚出去！"洋先生扬起哭丧棒来了。

赵白眼和闲人们便都吆喝道："先生叫你滚出去，你还不听么！"

阿Q将手向头上一遮，不自觉的逃出门外；洋先生倒也没有追。他快跑了六十多步，这才慢慢的走，于是心里便涌起了忧愁：洋先生不准他革命，他再没有别的路；从此决不能望有白盔白甲的人来叫他，他所有的抱负，志向，希望，前程，全被一笔勾销了。至于闲人们传扬开去，给小D王胡等辈笑话，倒是还在其次的事。

他似乎从来没有经验过这样的无聊。他对于自己的盘辫子，仿佛也觉得无意味，要侮蔑；为报仇起见，很想立刻放下辫子来，但也没有竟放。他游到夜间，赊了两碗酒，喝下肚去，渐渐的高兴起来了，思想里才又出现白盔白甲的碎片。

有一天，他照例的混到夜深，待酒店要关门，才踱回土谷祠去。

拍，吧……

他忽而听得一种异样的声音，又不是爆竹。阿Q本来是爱看热闹，爱管闲事的，便在暗中直寻过去。似乎前面有些脚步声；他正听，猛然间一个人从对面逃来了。阿Q一看见，便赶紧翻身跟着逃。那人转弯，阿Q也转弯，既转弯，那人站住了，阿Q也站住。他看后面并无什么，看那人便是小D。

"什么？"阿Q不平起来了。

"赵……赵家遭抢了！"小D气喘吁吁的说。

阿Q的心怦怦的跳了。小D说了便走；阿Q却逃而又停的两三回。但他究竟是做过"这路生意"的人，格外胆大，于是蹩出路角，仔细的听，似乎有些嚷嚷，又仔细的看，似乎许多白盔白甲的人，络绎的将箱子抬出了，器具抬出了，秀才娘子的宁式床也抬出了，但是不分明，他还想上前，两只脚却没有动。

这一夜没有月，未庄在黑暗里很寂静，寂静到像羲皇时候一般太平。阿Q站着看到自己发烦，也似乎还是先前一样，在那里来来往往的搬，箱子抬出了，器具抬出了，秀才娘子的宁式床也抬出了，……抬得他自己有些不信他的眼睛了。但他决计不再上前，却回到自己的祠里去了。

土谷祠里更漆黑；他关好大门，摸进自己的屋子里。他躺了好一会，这才定了神，而且发出关于自己的思想来：白盔白甲的人明明到了，并不来打招呼，搬了许多好东西，又没有自己的份，——这全是假洋鬼子可恶，不准我造反，否则，这次何至于没有我的份呢？阿Q越想越气，终于禁不住满心痛恨起来，毒毒的点一点头："不准我造反，只准你造反？妈妈的假洋鬼子，——好，你造反！造反是杀头的罪名呵，我总要告一状，看你抓进县里去杀头，——满门抄斩，——嚓！嚓！"

第九章　大团圆

赵家遭抢之后，未庄人大抵很快意而且恐慌，阿Q也很快意而且恐慌。但四天之后,阿Q在半夜里忽被抓进县城里去了。那时恰是暗夜,一队兵,一队团丁,一队警察,五个侦探,悄悄地到了未庄,乘昏暗围住土谷祠,正对门架好机关枪;然而阿Q不冲出。许多时没有动静,把总焦急起来了,悬了二十千的赏,才有两个团丁冒了险,逾垣进去,里应外合,一拥而入,将阿Q抓出来;直待擒出祠外面的机关枪左近,他才有些清醒了。

到进城,已经是正午,阿Q见自己被揪进一所破衙门,转了五六个弯,便推在一间小屋里。他刚刚一跄踉,那用整株的木料做成的栅栏门便跟着他的脚跟阖上了,其余的三面都是墙壁,仔细看时,屋角上还有两个人。

阿Q虽然有些忐忑,却并不很苦闷,因为他那土谷祠里的卧室,也并没有比这间屋子更高明。那两个也仿佛是乡下人,渐渐和他兜搭起来了,一个说是举人老爷要追他祖父欠下来的陈租,一个不知道为了什么事。他们问阿Q,阿Q爽利的答道,"因为我想造反。"

他下半天便又被抓出栅栏门去了,到得大堂,上面坐着一个满头剃得精光的老头子。阿Q疑心他是和尚,但看见下面站着一排兵,两旁又站着十几个长衫人物,也有满头剃得精光像这老头子的,也有将一尺来长的头发披在背后像那假洋鬼子的,都是一脸横肉,怒目而视的看他;他便知道这人一定有些来历,膝关节立刻自然而然的宽松,便跪了下去了。

"站着说!不要跪!"长衫人物都吆喝说。

阿Q虽然似乎懂得,但总觉得站不住,身不由己的蹲了下去,而且终于趁势改为跪下了。

"奴隶性!……"长衫人物又鄙夷似的说,但也没有叫他起来。

"你从实招来罢,免得吃苦。我早都知道了。招了可以放你。"那光头的老头子看定了阿Q的脸,沉静的清楚的说。

"招罢!"长衫人物也大声说。

"我本来要……来投……"阿Q胡里胡涂的想了一通,这才断断续续的说。

"那么,为什么不来的呢?"老头子和气的问。

"假洋鬼子不准我!"

"胡说!此刻说,也迟了。现在你的同党在那里?"

"什么?……"

"那一晚打劫赵家的一伙人。"

"他们没有来叫我。他们自己搬走了。"阿Q提起来便愤愤。

"走到那里去了呢?说出来便放你了。"老头子更和气了。

"我不知道,……他们没有来叫我……"

然而老头子使了一个眼色,阿Q便又被抓进栅栏门里了。他第二次抓出栅栏门,是第二天的上午。

大堂的情形都照旧。上面仍然坐着光头的老头子,阿Q也仍然下了跪。

老头子和气的问道,"你还有什么话说么?"

阿Q一想,没有话,便回答说,"没有。"

于是一个长衫人物拿了一张纸,并一支笔送到阿Q的面前,要将笔塞在他手里。阿Q这时很吃惊,几乎"魂飞魄散"了:因为他的手和笔相关,这回是初次。他正不知怎样拿;那人却又指着一处地方教他画花押。

"我……我……不认得字。"阿Q一把抓住了笔,惶恐而且惭愧的说。

"那么，便宜你，画一个圆圈！"

阿Q要画圆圈了，那手捏着笔却只是抖。于是那人替他将纸铺在地上，阿Q伏下去，使尽了平生的力画圆圈。他生怕被人笑话，立志要画得圆，但这可恶的笔不但很沉重，并且不听话，刚刚一抖一抖的几乎要合缝，却又向外一耸，画成瓜子模样了。

阿Q正羞愧自己画得不圆，那人却不计较，早已掣了纸笔去，许多人又将他第二次抓进栅栏门。

他第二次进了栅栏，倒也并不十分懊恼。他以为人生天地之间，大约本来有时要抓进抓出，有时要在纸上画圆圈的，惟有圈而不圆，却是他"行状"上的一个污点。但不多时也就释然了，他想：孙子才画得很圆的圆圈呢。于是他睡着了。

然而这一夜，举人老爷反而不能睡：他和把总呕了气了。举人老爷主张第一要追赃，把总主张第一要示众。把总近来很不将举人老爷放在眼里了，拍案打凳的说道，"惩一儆百！你看，我做革命党还不上二十天，抢案就是十几件，全不破案，我的面子在那里？破了案，你又来迕。不成！这是我管的！"举人老爷窘急了，然而还坚持，说是倘若不追赃，他便立刻辞了帮办民政的职务。而把总却道，"请便罢！"于是举人老爷在这一夜竟没有睡，但幸而第二天倒也没有辞。

阿Q第三次抓出栅栏门的时候，便是举人老爷睡不着的那一夜的明天的上午了。他到了大堂，上面还坐着照例的光头老头子；阿Q也照例的下了跪。

老头子很和气的问道，"你还有什么话么？"

阿Q一想，没有话，便回答说，"没有。"

许多长衫和短衫人物，忽然给他穿上一件洋布的白背心，上面有些黑字。阿Q很气苦：因为这很像是带孝，而带孝是晦气的。然而同时他的两手反缚了，同时又被一直抓出衙门外去了。

阿Q被抬上了一辆没有篷的车，几个短衣人物也和他同坐在一处。这车立刻走动了，前面是一班背着洋炮的兵们和团丁，两旁是许多张着嘴的看客，后面怎样，阿Q没有见。但他突然觉到了：这岂不是去杀头么？他一急，两眼发黑，耳朵里嗡的一声，似乎发昏了。然而他又没有全发昏，有时虽然着急，有时却也泰然；他意思之间，似乎觉得人生天地间，大约本来有时也未免要杀头的。

他还认得路，于是有些诧异了：怎么不向着法场走呢？他不知道这是在游街，在示众。但即使知道也一样，他不过便以为人生天地间，大约本来有时也未免要游街要示众罢了。

他省悟了，这是绕到法场去的路，这一定是"嚓"的去杀头。他惘惘的向左右看，全跟着马蚁似的人，而在无意中，却在路旁的人丛中发见了一个吴妈。很久违，伊原来在城里做工了。阿Q忽然很羞愧自己没志气：竟没有唱几句戏。他的思想仿佛旋风似的在脑里一回旋：《小孤孀上坟》欠堂皇，《龙虎斗》里的"悔不该……"也太乏，还是"手执钢鞭将你打"罢。他同时想将手一扬，才记得这两手原来都捆着，于是"手执钢鞭"也不唱了。

"过了二十年又是一个……"阿Q在百忙中，"无师自通"的说出半句从来不说的话。

"好！！！"从人丛里，便发出豺狼的嗥叫一般的声音来。

车子不住的前行，阿Q在喝采声中，轮转眼睛去看吴妈，似乎伊一向并没有见他，却只是出神的看着兵们背上的洋炮。

阿Q于是再看那些喝采的人们。

这刹那中,他的思想又仿佛旋风似的在脑里一回旋了。四年之前,他曾在山脚下遇见一只饿狼,永是不近不远的跟定他,要吃他的肉。他那时吓得几乎要死,幸而手里有一柄斫柴刀,才得仗这壮了胆,支持到未庄;可是永远记得那狼眼睛,又凶又怯,闪闪的像两颗鬼火,似乎远远的来穿透了他的皮肉。而这回他又看见从来没有见过的更可怕的眼睛了,又钝又锋利,不但已经咀嚼了他的话,并且还要咀嚼他皮肉以外的东西,永是不远不近的跟他走。

这些眼睛们似乎连成一气,已经在那里咬他的灵魂。

"救命,……"

然而阿Q没有说。他早就两眼发黑,耳朵里嗡的一声,觉得全身仿佛微尘似的迸散了。

至于当时的影响,最大的倒反在举人老爷,因为终于没有追赃,他全家都号咷了。其次是赵府,非特秀才因为上城去报官,被不好的革命党剪了辫子,而且又破费了二十千的赏钱,所以全家也号咷了。从这一天以来,他们便渐渐的都发生了遗老的气味。

至于舆论,在未庄是无异议,自然都说阿Q坏,被枪毙便是他的坏的证据;不坏又何至于被枪毙呢?而城里的舆论却不佳,他们多半不满足,以为枪毙并无杀头这般好看;而且那是怎样的一个可笑的死囚呵,游了那么久的街,竟没有唱一句戏:他们白跟一趟了。

《晨报副刊》1921年12月4日至1922年2月12日